오늘, 오늘, 오늘!
12월 3X일

오늘, 오늘, 오늘!
12월 3X일

박상기 장편소설

㈜자음과모음

차례

십육 년 전

그날 엄마의 마음은 싱숭생숭했다.

집안 누구에게도 축복받지 못한 결혼. 오직 사랑 하나만으로 아빠와 달랑 몸만 합친 엄마는 늘 그려 왔던 식도 올리지 못했다. 차마 신혼여행까진 포기할 수 없어 뒤늦게 제주도에 왔지만, 어느 민속 마을에서 아빠가 설사로 자리를 비운 사이에 마음이 점점 심란해졌다.

앞으로 어떻게 살아야 할지, 빚은 어떻게 갚을지, 남편의 허황돼 보이는 사업을 어떻게 말릴지. 제주도의 날씨는 흐릿했고 바람이 거세게 불어와 머리를 정신없이 뒤흔들었다. 엄마는 바람에 떠밀리듯 마을 이곳저곳을 배회했다.

"색시."

누군가가 엄마에게 손짓했다. 돌아보니 웬 노파가 돌담 구석진 곳에 앉아 있었다. 잿빛 두루마기를 푹 뒤집어쓴 탓에 턱 주변의 자글자글한 주름 말곤 알아보기 힘든 얼굴이었다. 엄마는 한참을 주뼛거리다 그리로 향했다.

"고민이 많아 보이네그려. 물건 좀 사 가시우."

바닥엔 잡다한 기념품이 진열되어 있었다. 아빠는 여전히 화장실에 있었고, 엄마는 한라산 기슭에 자리한 이 마을에서 오미자차나 꿀을 사라는 호객 행위 때문에 지쳐 있었다. 펼쳐진 기념품을 대충 훑어보고 말했다.

"안 살래요. 죄송합니다."

노파가 가무잡잡한 손으로 은은한 푸른빛이 감도는 돌 두 개를 집었다. 납작하고 네모진 돌은 보석이라 하기엔 상당히 투박해 보였다.

"이건 어떠우? 이게 당신의 아들과 딸, 두 아이의 운명을 변화시킬 거요."

엄마는 픽 웃었다. 웬 뜬구름 잡는 소리. 앞으로 살길도 막막한데 아이는 무슨.

"저는 애 하나만 낳을 건데요."

노파가 재촉하듯 푸른 돌을 내밀었다.

"이 돌은 원래 한쌍이라오. 아이들이 태어나면 늘 몸에 지니게 하시우."

일방적인 설명에 엄마는 말문이 막혔다. 세차게 분 바람이 작

달막한 기념품들을 정신없이 흔들고 있었다. 한편으론 인적도 드문 곳에 쪼그려 앉아 장사하는 노파가 안타깝기도 했다. 엄마는 마음이 약해졌다.

"얼만데요?"

"개당 만 원."

바둑알만 한 돌치곤 터무니없는 금액이었다. 엄마는 가격을 물어본 걸 후회했다. 하지만 벌써 지갑을 꺼낸 뒤라 도로 집어넣기도 부끄러운 상황이었다

엄마는 결국 불우 이웃 돕는 셈 치고 만 원 지폐 두 장을 노파에게 내밀었다.

"틀림없이 잘 사셨수."

집에 돌아온 엄마는 푸른 돌을 서랍 어딘가 처박아 두고는 까맣게 잊었다.

*

정확히 일 년이 지나, 엄마에게 아이가 생겼다. 그런데 처음 초음파 검사를 한 날, 이란성 쌍둥이라는 소식을 들었다. 몇 달이 지나서는 두 아이가 각각 딸과 아들이란 사실까지 알았다. 엄마는 평생을 통틀어 그토록 놀라 본 적이 없다고 했다.

엄마는 곧바로 서랍을 뒤져 푸른 돌 두 개를 다시 꺼냈다. 일 년

이 지났어도 여전히 은은한 푸른빛이었다.

엄마는 이 돌에 '운명석'이라는 이름을 붙였다. 그리고 노파의 말에 따라 언제나 이 돌을 우리 몸에 지니게 했다. 무려 나랑 강초연이 열다섯 살이 된 지금까지도.

붉어진 운명석

"강재환!"

"……."

"강재환! 얼른 안 일어나?"

송곳 같은 목소리가 귀를 후벼 판다. 나는 이불 속에 숨어 날카로운 기세를 막아 냈다. 제발 그냥 잠 좀 자게 해 줬으면. 아무도 날 방해하지 말았으면.

"야!"

방문이 벌컥 열리면서 엄마의 목소리가 다시 귀를 찔러 들어왔다. 엄마는 연보랏빛 스웨터에 베이지색 롱 코트를 걸치고 벌써 나갈 준비를 끝낸 상태였다. 나를 세 번째 깨우는 중인 엄마는 이제 단단히 뿔이 난 듯했다.

"……어우씨."

새벽 세 시가 넘도록 게임을 했더니 졸려 죽겠다. 어제는 기다리고 기다리던 겨울 방학식이었던 데다가 금요일이었다. 간만에 기분 좀 낸 게 뭐 어때서. 나는 휴대폰으로 시간을 확인하고는 다시 이불을 푹 뒤집어썼다.

"일어나라고!"

엄마가 내 이불을 확 걷고 창문까지 열어 버렸다. 얼음같이 찬 공기가 온몸으로 파고들어 짜증이 솟구쳤다. 나는 몸부림치듯 소리쳤다.

"그냥 나 빼고 가! 방학 첫날부터 짜증 나게."

"표 끊어 놨는데 무슨 소리야."

"나한테 안 물어봤잖아!"

"가족 다 가는데 너만 빠지는 게 어디 있어?"

"봄에 갔었다고!"

진심을 담은 전규였는데, 엄마는 단순한 투정으로만 여긴 모양이다. 내 방을 휙 둘러보더니 혀를 끌끌 찼다.

"어제 짐 싸 놓으라니까 하나도 안 챙겼네. 못 살겠다, 정말."

엄마가 내 속옷과 평상복을 꺼내 캐리어에 담기 시작했다. 서랍의 마찰음과 가방 지퍼 소리, 비닐 부스럭거리는 소리를 들으면서도 어떻게든 누워 있어 보려고 했다. 하지만 실랑이를 하느라 이미 잠은 달아난 뒤였다.

더 이상의 저항은 무의미할 것 같아, 할 수 없이 일어나 옷을 입었다. 온몸이 찌뿌둥해서 양말을 신으려고 조금만 굽혀도 씨근씨근 숨소리가 났다.

"엄마, 왜 안 나와요?"

새하얀 패딩 점퍼를 걸친 초연이 내 방을 기웃거렸다. 어깨를 덮은 머리카락 사이로 푸른 돌이 박힌 목걸이가 흔들거리고 있었다. 초연은 아직 속옷 차림인 나를 보며 픽 웃었다.

"세수도 안 하고 가냐?"

나는 신으려던 위쪽 양말을 집어 던졌다.

"내 방에 들어오지 말랬지!"

양말을 가볍게 받아 낸 초연이 방바닥에 툭 던지고는 비웃었다.

"가지가지 하네. 비행기 놓치면 네 책임이다."

내가 가운뎃손가락으로 응수하기도 전에 초연은 사라졌다. 짐을 거의 챙긴 엄마가 또 잔소리했다.

"넌 좀 그만 싸우면 안 되니. 왜 맨날 초연이한테 시비야."

"쟤가 얼마나 재수 없게 구는데. 엄마 지금 속고 있는 거야."

엄마의 표정은 딱 '너랑 얘기해 봐야 뭐 하겠니'였다. 나를 문제 아처럼 보는 저 눈. 말을 하지 않아도 얼굴에 다 드러나고 있다.

이게 다 강초연 때문이다. 나이 차이가 나도 티격태격할 판에 하필 쌍둥이라니. 심지어 별로 닮지도 않았는데. 생일에 내 발목을 잡고 태어난 강초연 때문에 내 인생은 정말 꼬일 대로 꼬였다.

"아직 멀었어?"

거실에서 아빠의 굵은 목소리가 넘어오기 시작했다. 난 몸만 챙겨 나오는 셈이라 검정색 패딩 점퍼를 걸치는 것으로 준비를 끝냈다. 휴대폰을 주머니에 넣고 나가려는데 엄마가 한마디 했다.

"재환아, 팔찌."

엄마가 직접 마크라메로 수놓은 팔찌가 책상에 놓여 있었다. 팔찌의 한가운데에는 네모지고 푸른 돌이 박혀 있다. 엄마가 운명석이라 부르는 돌이었다. 이게 내 운명을 바꿔 준다는 말은 안 믿은 지 오래다. 그게 사실이면 지금 내 삶이 이렇게 재미없을 리 없으니까.

중학생이 되자마자 엄마에게 대든 적이 있었다. 이 촌스러운 팔찌 안 하고 싶다고. 엄마는 화를 내는 동시에 울었다. 엄마는 순수하다 못해 어린아이 같을 때가 있었다. 그래서 아무나 소화 못 하는 옷을 즐겨 입는지도 모른다.

"늦겠다. 빨리 가자."

아빠가 날 보며 미소 지었다. 초연에게만 물려준 선명한 쌍꺼풀이 반원을 그리고 있다. 포마드를 발라 가르마를 탄 아빠는 이제 사장님 티가 물씬 난다. 회사 일이 너무 바빠 집에 거의 없는 게 흠이지만. 옆에 선 초연은 날 본체만체하면서도 이미 온몸으로 내가 한심하다는 자세를 취하고 있었다. 나는 초연을 흘겨보고는 현관을 빠져나왔다.

*

　김포공항 가는 길은 생각보다 많이 막혔다. 오늘이 토요일인데다, 12월 30일이라 연말 연휴까지 겹친 까닭이었다. 즐비한 고층 빌딩들마저 나란히 줄을 선 듯했다. 거북이걸음인 차에 한 시간쯤 앉아 있으려니 좀이 쑤셨다.

　"빨리 가야 하는 거 아니에요? 열한 시 오 분 비행긴데."

　초연이 순전히 나 들으라는 듯 말했다. 아빠는 애써 침착함을 유지했다.

　"국내선이니 열 시 이십 분까지만 가면 돼. 아직 여유 있어."

　"이 속도면 장담 못 할 것 같은데요. 더 일찍 출발했어야 했는데."

　나는 초연의 말을 받아쳤다.

　"야, 나 준비하는 데 십 분도 안 걸렸어. 그렇게 싫으면 나 빼고 가자고 하지 그랬냐. 엄마 아빠는 네 말이라면 다 들어주는데."

　초연은 창가만 바라본 채로 입술을 삐죽거렸다.

　"그걸 말이라고 하냐? 중이병 아니랄까 봐."

　"하, 너도 중2거든?"

　"난 너처럼 병은 아니야."

　"네가 왜 병자인지 일일이 읊어 줄까?"

　"응. 네 일기장에."

　초연이 능숙하게 말을 받아넘겨 버리자 속이 끓어올랐다. 내가 잠시 말을 잃은 사이, 엄마가 돌아보며 인상을 찌푸렸다.

"왜 또 다투고 그래. 얼마 만에 가는 가족여행인데."

나는 엄마에게도 불만이 많았다.

"하필이면 왜 제주도냐고. 나 5월에 수학여행으로 다녀온 거 뻔히 알면서."

"급히 준비한 거라 거기까진 생각 못 했어."

정말로 며칠 전까지만 해도 여행 간다는 얘기는 한마디도 없었다. 이것도 연말 성수기인데 간신히 끊은 비행기표라나. 본래 여행을 즐기지 않는 우리 가족답지 않게 꽤 즉흥적인 여행이었다.

아빠가 타이르듯 말했다.

"겨울 제주도도 볼 거 많아. 한라산에 눈 쌓이면 겨울 왕국 되는 거 알아?"

"그럼 눈사람이나 만들면 되겠네."

아빠는 도발에 넘어가지 않았다.

"글쎄, 설경이 너무 멋져서 그런 생각은 하지도 못할걸."

"추운 거 딱 질색인데."

엄마가 이마에 주름이 팬 채로 지적했다.

"재환아, 그냥 가자. 왜 그리 말이 많니. 엄마도 신혼여행으로 제주도 다녀왔어. 갔던 곳 또 가는 게 뭐 어때서."

"온 집안이 결혼 반대하는 바람에 돈 없어 간 거라며!"

엄마 얼굴이 순간 굳어 버렸다. 그러고는 뒤늦게 둘러댔다.

"왜, 추억도 되살리고 좋지. 초연이도 봄에 갔는데 아무 말 없잖아."

초연 때문에 나만 또 문제아가 됐다. 어째서 얘는 가만히 있어도 짜증 포인트를 적립하는 걸까. 같은 나이, 같은 학교라는 이유만으로 늘 비교당한다.

"얘야 말 잘 듣는 AI니까 그렇지."

초연이 한숨을 푹 쉬었다.

"그냥 집에 놓고 올 걸 그랬어요. 여행 끝날 때까지 투덜거릴 기세인데."

그 말에 엄마 아빠도 동시에 한숨을 쉬었다. 가족 모두 한숨 쉬게 만드는 존재. 나는 딱 그 정도였다.

우리 가족은 나만 빼고 완벽했다. 아빠는 혈혈단신으로 작은 회사를 일구었고, 이제는 어엿한 강 사장님이다. 엄마는 프리랜서 웹 디자이너로 이름이 제법 알려졌다.

부유하게 자랐어도 무일푼 아빠와 결혼하는 바람에 검소함이 몸에 배었다는 엄마는 아무렇게나 입어도 고급스러워 보이는 우아함까지 갖췄다. 그런 좋은 점만 쏙 빼닮은 초연은, 반에서 1등은 기본에 엄마 아빠의 말도 잘 듣고 사랑도 독차지하고 있다.

어디에 내놓아도 손색없는 가족. 이게 짜증을 유발할 때가 한두 번이 아니다.

지금도 초연은 엄마가 만들어 준 목걸이의 푸른 운명석을 만지며 창밖만 보고 있다. 날렵한 턱선과 고집스럽게 앙다문 입술은 나와의 대화를 거부하는 듯했다. 나도 딱히 말을 섞고 싶지 않다. 차 안에는 오랫동안 정적이 흘렀다.

우리는 발권 시각에 아슬아슬하게 도착했다. 수하물을 부치고 기다리는데 혼잡한 인파에 숨이 막혔다. 연말이라 많이들 이동하는 모양이었다.

홀 가운데에는 때 지난 크리스마스트리가 서 있었고, 대합실 TV에서는 연기 대상 시상식이 재방송되고 있었다. 그마저도 사람들이 떠드는 소리 때문에 잘 안 들렸다.

아빠는 멀리 떨어진 채로 회사에서 걸려 온 전화를 받고 있었다. 엄마는 아빠가 여기까지 와서도 회사 직원이랑 통화한다며 투덜댔다.

우우웅.

주머니의 휴대폰이 짧게 진동했다. 이 시간에 톡을 보내는 녀석이라면 뻔하다. 나는 재빨리 잠금 화면을 풀어 내용을 확인했다.

[뭐 하냐?]

[여행.]

[어디?]

[제주도.]

[거길 또 왜 가. ㅋㅋㅋ]

형우와 몇 마디 톡을 주고받았다. 기나긴 겨울 방학이 시작되어도 형우와는 연락을 유지할 만했다. 내 장난도 잘 받아 주고, 토라져도 금방 기분을 푸는 녀석이니까. 형우와는 3학년 때 반이 갈리더라도 계속 친하게 지내고 싶다.

[모닝 게임 한판?]
[곧 비행기 타. 이따 해.]
[방학 첫날인데 심심하다.]

형우는 벌써 치근거리고 있었다. 아, 나도 심심했으면 좋겠다. 이렇게 짜증 나는 여행에 불려 다닐 바엔 형우와 노는 게 낫다. 이모티콘을 보내려고 목록을 살피는데 아빠가 내 어깨를 툭 쳤다.

"시간 됐다. 가자."

얼결에 휴대폰 화면을 끄고서 뒤따라 걸었다. 탑승 수속을 하러 가 보니 벌써 사람들이 바글바글했다. 내 또래쯤 되는 애들도 많이 보였다. 한참 지나서야 우리 차례가 되었고, 엄마가 먼저 검색대를 지나갔다.

런웨이를 워킹하듯이 통과한 엄마는 화려한 옷에 갈색 머리와 브라운 체크 머플러까지 더해져 사람들의 시선을 끌었다. 공항 화

보라도 찍을 기세였다. 엄마가 걸친 거 전부 싸구려인데.

그런데 강초연 차례에서 문제가 생겼다.

삐一.

내려놓은 가방에서 금속 물질이 검출된 것이다. 요원이 묻자, 초연은 당황한 듯 가방 앞주머니에서 커터 칼을 꺼냈다. 짙은 주황색에 날이 굵은 공업용 칼이었다.

"그런 건 왜 가지고 오냐?"

내가 비아냥대도 초연은 별 대꾸가 없었다. 요원이 물건을 기부하든지, 수하물로 다시 부치고 와야 한다고 안내했는데, 초연은 굳이 커터 칼을 짐으로 부치러 갔다. 우리는 십 분쯤 더 기다려야했다. 너무 알뜰해 짜증이 날 지경이었다.

드디어 게이트가 열렸고, 우리는 서둘러 걸었다. 활주로에는 벌판답게 매서운 바람이 몰아치고 있었다. 비행기에서 내려진 계단이 땅에 닿자, 사람들이 하나둘씩 올라타기 시작했다. 패딩 점퍼를 입어도 추운데 얇은 제복 차림으로 웃으며 인사하는 승무원을 보니 참 대단하다 싶었다.

"자리가 왜 이래."

여섯 열로 다닥다닥 붙은 비행기 좌석은 상관없었다. 왠지 모르게 풍기는 노린내도 괜찮았다. 엄마 아빠 자리와 멀리 떨어진 것도 큰 불만은 없었다.

"왜 너랑 같이 앉아야 하는데."

이미 창가에 앉은 초연이 내 말을 무시하고 있었다. 아빠가 머뭇거리다 말했다.

"그럼 아빠가 초연이랑 앉을 테니, 네가 엄마 옆에 앉을래?"

저쪽에 엄마가 이미 자리 잡고 앉았다. 엄마 표정도 왠지 안 좋아 보였다. 뒤에 선 승객들이 우리가 얼른 앉길 기다리고 있었다. 나는 신경질을 섞어 대답했다.

"됐어. 그냥 가."

툭 던지듯 가방을 내려놓았다. 아빠는 멋쩍은 얼굴이 되어 엄마 옆자리로 갔다. 초연이 내 엉덩이에 깔린 자기 점퍼 자락을 잡아 빼며 말했다.

"너 세수 안 해서 되게 꼬질꼬질해 보여."

내가 이런 소리 듣기 싫어서 얘 옆에 앉기 싫었던 거다. 엄마보다 더한 잔소리꾼. 나이만 같았지, 하는 짓이 완전 꼰대다. 그냥 내 모든 것이 마음에 안 드는 모양이다. 일부러 대답 안 했더니 초연은 한술 더 떴다.

"뒤통수에 까치집은 또 어쩔 건데."

나는 일부러 뒤통수를 등받이에 대고 미친 듯이 문질렀다. 고개를 마구 돌렸더니 눈앞이 핑핑 돌았다. 아마 내 머리카락은 더욱 볼품없이 헝클어졌을 것이다.

"이제 됐냐?"

초연이 질색하며 고개를 절레절레 흔들었다. 기분이 통쾌했지만, 왼쪽에 앉은 아줌마가 나를 이상한 눈으로 쳐다보고 있었다. 얼굴이 화끈거렸다. 나는 멀쩡한 사람인 척 다시 머리를 매만져야 했다.

초연이 굳은 얼굴로 말했다.

"부탁인데, 이번 여행은 진상 떨지 말고 조용히 가자."

나는 가운뎃손가락으로 코 파는 시늉으로 대답을 대신했다. 초연은 한숨을 쉬더니 목걸이의 푸른 돌만 매만졌다. 뭔가 기대한 반격이 안 나와 김이 샜다.

나도 팔찌에 박힌 운명석을 물끄러미 바라보았다. 초연의 운명석과 한 쌍이라는 이 푸른 돌은 지금 우리가 갈 제주도에서 사 온 것이다. 엄마는 이걸 마치 부적처럼 여기고 있었다. 운명석을 몰래 놓고 다니다 걸려서 잔소리 들은 적도 많다. 반면에 초연은 항상 목걸이를 걸고 지냈다. 그리고 습관처럼 푸른 돌을 만지곤 했다.

비행기가 이륙한 뒤부터 주변이 조용해졌다. 패딩 점퍼를 입은 채로 앉아 있으니 몸이 점점 노곤해졌다. 어제 늦게 잔 탓에 수면이 부족한가. 나는 땅에서 멀어진 풍경을 감상했다. 초연도 골똘히 바깥을 바라보고 있었다.

"강재환, 일어나."

깜빡 잠이 들었나 보다. 초연이 착륙할 때가 됐다며 날 깨웠다.

정말로 비행기가 땅에 가까워져 있었다. 저 멀리 회갈색 점토

모형처럼 보이는 땅덩이가 제주도였다. 다른 승객들도 들뜬 목소리를 내기 시작했다. 잠깐 눈 붙인 것 같은데 한 시간이 지나가 버리다니. 곤히 잠들면 이럴 때가 있다.

문득 허무해졌다. 이번 겨울 방학도 지금처럼 훌쩍 지나가는 건 아니겠지! 두 달이란 시간은 긴 것 같아도 지나고 보면 참 짧다. 여러 번 겪어 본 일이다.

비록 원치 않는 여행으로 시작됐지만, 나는 이번 겨울 방학이 영원히 계속되기를 마음속으로 빌었다. 개학이 다가올 때마다 다시 방학 첫날로 되돌아가기. 생각만으로도 짜릿하다. 그럴 수만 있다면 그야말로 천국 아닐까.

꿈같은 상상을 하며 습관적으로 코를 후비던 그 순간,

쿵!

비행기가 갑자기 크게 진동했다. 그 바람에 나는 손가락으로 코를 찌르고 말았다. 머릿속을 톡 쏘는 느낌과 함께 무언가 주르륵 흐르기 시작했다. 다름 아닌 코피였다. 나는 팔찌의 폭신한 부분으로 얼른 코를 막았다. 그리고 초연에게 부탁했다.

"야, 휴지 좀."

초연이 혀를 끌끌 차며 얼른 휴지를 건네주었다. 나는 코피가 최대한 옷에 묻지 않도록 조심하며 휴지를 코에 끼웠다. 하지만 이미 내 손과 팔찌엔 코피가 흥건히 묻어 있었다. 말 그대로 피범벅 상황이었다.

"아이씨, 난리 났네."

팔찌의 운명석에도 피가 묻었기에 휴지로 닦아 냈다. 그런데 뭔가 이상하다는 걸 느끼기까지는 오래 걸리지 않았다.

"어?"

운명석을 아무리 닦아도 원래의 푸른색으로 돌아오지 않았다. 지금은 핏빛으로 붉어진 상태였다. 마치 처음부터 그랬던 것처럼.

나는 별생각 없이 초연에게 물었다.

"이거 색깔이 왜 이러냐?"

초연도 내 붉어진 운명석을 유심히 바라봤다. 그러고는 자신의 푸른 돌과 비교해 보더니 심각한 표정이 되었다.

"너 무슨 생각으로 이랬어?"

다짜고짜 매서운 얼굴로 따지는 초연이었다. 나도 이게 무슨 상황인지 모르겠다. 뭔가 대답하려고 하는데 기내 방송이 흘러나왔다.

"승객 여러분, 제주공항에 오신 것을 환영합니다. 현지 시각은 열두 시, 기온은 섭씨 5도입니다. 비행기가 아직 이동 중이오니 좌석 벨트 표시등이 꺼질 때까지 좌석에 앉아 기다려 주시기 바랍니다. 내리실 때는……."

착륙 안내를 듣고 있는데 초연이 다시 쏘아붙였다.

"야, 내 말 씹냐?"

"뭐가?"

"네가 먼저 물어봤잖아!"

"아……. 이거?"

다시 한번 붉어진 운명석을 바라봤다. 색깔이 변하긴 했지만, 지금 그게 문제가 아니었다. 내 손에 잔뜩 묻은 피가 훨씬 더 신경 쓰였다.

잠시 후, 좌석 벨트 표시등이 꺼지고 승객들이 일어나기 시작했다. 나는 화장실에 가려고 일어섰다. 그런데 초연이 여전히 멍하니 자리에 앉아 있었다.

"내려. 다 왔잖아."

그제야 초연도 가방을 챙겨 일어났다. 하지만 표정이 썩 밝지 않았다.

그날 오후

[제주특별자치도청] 금일(30일)
20시 제주도 전역에 예비 대설
특보 발효. 대중교통, 눈길 운전
등 안전사고에 주의 바랍니다.

공항 화장실에 다녀오자마자, 긴급 재난 문자가 왔다. 가족들도 문자를 받은 모양이었다. 공항 안의 사람 대부분이 동시에 휴대폰을 쳐다보는 모습이 장관이었다. 우리도 잠시 멈춰 섰다. 엄마가 심각한 얼굴로 제주도 날씨를 검색하고는 말했다.

"오늘 밤 적설량이 최대 15센티래."

초연은 공항 밖의 하늘을 바라봤다.

"지금은 맑은데?"

나는 아빠에게 비아냥거렸다.

"정말 겨울 왕국 되겠네."

아빠는 애써 긍정적인 해석을 내렸다.

"한라산에만 눈 내리고 해안가는 비 올 거야. 제주도는 항상 그래. 저녁 먹고 일찍 숙소에 들어가야겠네."

우리는 다시 걷기 시작했다. 초연의 말대로 아직 하늘엔 눈이 올 기색이 없었다. 찬 바람 때문에 얼굴이 터질 것 같지만, 겨울치고는 괜찮은 날씨였다.

형우한테서 톡이 하나 와 있었다. 들어가 보니 동영상이었다. 한 흑인 남자가 넓은 빙판 위에서 미끄러졌는데 넘어지지 않으려고 갖은 애를 쓰고 있었다. 버둥대는 꼴이 비보잉 댄스 같기도 해서 웃음이 나왔다. 그래도 끝까지 넘어지지 않는 게 신기했다. 나는 걸으며 답장을 보냈다.

[이거 조작 아니야?]

공항 밖으로 일렬로 선 야자수와 줄지은 택시들이 눈에 들어왔다. 바람이 야자수 잎을 실컷 뒤흔들고 있었다. 커다란 캐리어를 끄는 사람들과 어울리지 않아 각자 따로 노는 풍경이다. 나도 따로 놀고 싶다.

렌터카 업체는 공항에서 가까웠기에 우리는 한동안 걸었다. 시간이 갈수록 바람이 매섭게 느껴져 주변이 을씨년스러워 보였다. 사무실을 발견하자마자 얼른 들어갔다. 고요해진 공기만으로도 살 것 같았다. 아빠가 먼저 말했다.

"차 예약했는데요."

수염 숭숭한 남자 직원이 아빠의 휴대폰 번호를 묻더니 키보드를 몇 번 두드렸다. 그러고는 심드렁한 목소리를 냈다.

"예약하신 차종은 다 나갔고요. 지금은 쏘나타 LPG밖에 없네요."

"네? 결제도 미리 했는데, 지금 와서 그 차가 없다는 게 말이 됩니까?"

"아마 수리 입고돼서 그럴 거예요. 지금은 이 차밖에 없어요."

엄마가 화면을 보더니 툴툴거렸다.

"높은 차를 타야 경치가 잘 보이는데."

여행 첫 단추부터 뭔가 잘못 꿰어지는 느낌이었다. 이런 일이 흔한 건지 직원은 전혀 미안해하는 기색이 없었다. 아빠가 오늘 처음으로 언성을 높였다.

"지불한 돈이 얼만데, 지금 연말 성수기에 웃돈 안 줘서 이러는 겁니까?"

"사장님, 그게 아니고요."

"됐어요! 차가 여기만 있나."

직원은 묘한 웃음을 지었다.

"다른 가게는 벌써 다 동났죠. 사장님은 예약하신 고객이라 차 빼 드리는 거예요. 싫으시면 그냥 가세요."

한껏 튕기는 배짱에 아빠가 하, 헛숨을 쉬었다. 초연과 나는 숨을 죽이며 상황을 지켜보았고, 엄마는 그냥 차를 빌리자고 아빠를 설득하고 있었다. 몇 분 고민한 끝에 아빠는 잔뜩 불쾌해진 얼굴로 차 키를 달라고 했다. 직원은 보험 관련 서류 몇 장을 건네며 사근사근 물었다.

"체인 감아 드릴까요? 오만 원 추가하시면 되는데."

"아, 됐어요!"

아빠는 아직도 기분이 안 좋아 보였다. 운전하는 내내 가스차라 힘이 없다, 브레이크가 밀린다, 가드레일에 전망이 다 가린다, 같은 불평을 계속 늘어놓았다. 몇 번 받아 줬는데도 계속 투덜대자 엄마가 쏘아붙였다.

"그냥 좀 가. 옛날엔 경차, 트럭 안 몰아 본 게 없으면서 눈만 높아졌네."

이 말을 들은 뒤부터 아빠가 입을 다물었다. 아빠는 왠지 그 시절 얘기만 나오면 기가 죽는 듯했다.

나는 창밖을 바라보았다. 시내를 벗어난 뒤로 한쪽에는 청록색 바다가, 다른 쪽엔 검은 돌담으로 꾸며진 마을이 나타났다. 저게

현무암이라 했던가.

점심으로 먹었던 해물라면 때문인지 속이 더부룩했다. 초연이 미리 알아보았다는 맛집으로 갔는데 라면 한 그릇에 일만 오천 원이나 했다. 해물이 잔뜩 들어 있는 것 말고는 맛이 별로였다. 엄마도 재료만 있으면 자기도 이렇게 끓일 수 있다며 돈을 아까워했다.

오직 초연만 맛있게 먹은 듯했다.

"그때 무슨 생각이었냐고."

"기억 안 난다니까."

초연은 점심을 먹을 때부터 내게 몇 번이나 물었다. 무슨 생각을 했기에 운명석이 붉게 변했냐는 뜻이었다. 내가 어떻게 몇 시간 전 생각을 다 떠올린단 말인가. 나는 초연 같은 천재형 두뇌가 아니다. 기억하는 것은, 내 운명석에 코피가 엄청 묻었다는 사실뿐이다.

처음 도착한 장소는 '협재 해변'이란 곳이다. 제주 서쪽에서 가장 예쁜 바다란다. 우리는 차에서 내려 해변을 걸었다. 머리카락을 헝클어뜨리는 바람과 살진 갈매기 떼가 우릴 맞이했다. 초연이 제 긴 머리를 손으로 잡으며 소리쳤다.

"가발 날아가겠다!"

이런 말에 웃는 사람은 아무도 없었다. 그것도 농담이라고. 초연이 개그 센스를 갖추려면 최소 십 년은 걸릴 거다.

백사장으로 들어서니 확 트인 바다가 눈에 들어왔다. 밝은 색깔의 모래와 푸른 바닷물이 만나 새로운 색채를 만들어 내고 있었다. 신기한 건 물살이 요동치는데도 바다 특유의 짠 내음이 거의 나지 않는 점이었다. 거센 바람 탓에 파도 소리조차 미미하게 들렸다. 나는 물결이 부서지며 이는 포말에 시선이 머물렀다.

"이거 디자인에 넣어도 되겠다."

엄마가 직업 정신을 발휘해 열심히 사진을 찍었다. 화려한 옷과 커다란 카메라가 전혀 어울리지 않았지만, 엄마는 신경 쓰지 않았다. 끊임없이 구도를 바꾸어 셔터를 누르는 모습이 프로다운 기운을 풍겼다.

"여기 바다 예쁘지?"

"그냥 미역국 색깔인데."

엄마는 헛웃음만 쳤고, 초연이 대신 쏘아붙였다.

"네 눈엔 그렇게밖에 안 보이니? 먼 바다를 보라고."

정말로 먼 곳에 에메랄드빛 바다가 햇빛을 받아 반짝거리고 있었다. 그 앞쪽에는 알록달록한 외딴섬이 푸른 바다와 어울리도록 자리 잡았다. 건물 몇 개가 보이는 걸로 보아 저 섬에도 사람이 사는 듯했다. 저곳 사람들은 시간의 지배를 받지 않을 것 같다. 분주할 것 없이 그저 자연이 주는 만큼 순응하는 삶을 살고 있겠지.

"제주도 오니까 좋지?"

엄마가 또 확인하듯 내게 물었다. 방금까지 좋았는데, 불쑥 화가 치밀었다. 나는 마음을 떠보는 걸 싫어한다.

"좋긴 뭐가 좋아. 추워 죽겠는데!"

결국 가족들에게 찬물을 끼얹은 셈이 됐다. 바람이 계속 불어 대니 초연도 춥다는 말을 반복했고, 우리는 삼십 분도 못 되어 차에 돌아가기로 했다.

오다가 보니 백사장 초입에서 모래를 먹는 어린애가 보였다. 가로줄 무늬 점퍼를 입은 아이였는데 손바닥에 모래를 잔뜩 묻히고 짠맛을 음미하는 것 같았다. 부모는 그러든지 말든지 해변을 바라보며 사진만 찍고 있었다. 저거 말려야 할 것 같은데……. 하지만 나는 그냥 지나쳤다.

우리는 가까운 '한림 공원'에 도착했다. 주차장부터 철저히 관리되는 관광지였다. 늘어선 상점들과 잔잔한 음악이 손님맞이에 굉장히 능숙해 보였다.

가족들이 내렸지만, 나는 차 안에서 버텼다.

"안 내려?"

"그냥 차에 있을래."

"왜?"

"봄에 왔던 곳이야."

옆에 있던 초연이 또 잔소리했다.

"수학여행이랑은 느낌이 다르지. 얼른 나와."

나만 불효자식이 된 기분. 어느덧 아빠도 근심 어린 얼굴로 다가왔다. 세 식구가 나를 쳐다보는 게 너무 싫다.

"추워서 싫다고! 그냥 셋이 다녀와!"

그런데 엄마가 돌연 화를 냈다.

"재환아, 같이 다니면 안 돼? 어쩜 오늘마저 이렇게 속을 썩이니!"

엄마는 거의 울 듯한 표정이었다. 갑자기 왜 저러지?

"싫다는 애 귀찮게 하지 말고 그냥 가자. 재환이도 따라올 땐 따라오겠지."

역시 내 입장을 변호해 줄 사람은 아빠밖에 없다. 엄마는 화가 가라앉지 않는 듯 나를 노려봤다. 초연이 팔짱을 긴 뒤에야 마지못해 이끌려 갔다.

이윽고 세 식구가 사라지고, 차 안은 조용해졌다. 무거워진 공기를 몰아내려 힘껏 기지개를 켰다. 그러고는 아까부터 마음먹은 톡을 형우에게 보냈다.

[야, 한판 붙자.]

[ㅇㅋ]

우리는 곧바로 게임을 시작했다. 오전부터 형우랑 붙고 싶어 몸이 근질근질했다. 가족들과 어색하게 다니느니 차라리 형우와 노는 게 낫다. 우리는 쉬지 않고 내리 다섯 판을 했다.

결과는 4승 1패였다. 원래 형우에게 항상 지는데 오늘따라 승률이 좋았다. 게다가 마지막 판까지 이겼을 때, 내 등급이 실버에서 골드로 승급되었다! 기분 째지는 순간이었다. 형우는 절망의 이모티콘을 띄우고 사라졌다.

"흐아아……."

한 시간 가까이 꼼짝없이 게임만 했더니 온몸이 뻐근하다. 나는 하품하다 맺힌 눈물을 닦으며 창밖을 바라보았다. 하늘엔 어느새 구름이 몰려와 햇빛이 사라져 있었다. 그렇다고 아직 펑펑 쏟아질 날씨는 아니었다.

그때, 눈살을 찌푸릴 만한 장면이 눈에 들어왔다. 주차장의 후미진 구석에서 어느 연인이 아주 진하게 입맞춤을 하고 있었던 것이다. 남자가 분홍 털모자를 쓴 여자를 안고 삼십 초, 아니 일 분이 넘도록 입술을 떼지 않았다. 시간이 그대로 멈춰 버린 듯했다. 입에서 욕이 저절로 튀어나왔다.

가족들은 십 분쯤 더 지나서 나타났다. 모두 말없이 차에 타는데, 뭔가 이상했다. 다들 표정이 어두워 보였다. 엄마는 신경질적으로 머플러를 내팽개쳤다. 아빠는 사장님의 품위 따윈 온데간데없이 엄마의 눈치만 살피고 있었다. 나는 뾰루퉁한 얼굴로 창밖만 보고 있는 초연을 슬쩍 찔러 보았다.

"야, 왜 그러냐?"

"……."

"무슨 일 있었어?"

"……."

초연은 대답하지 않았다. 마치 나를 없는 사람처럼 취급하고 있었다. 차가 출발한 지 한참 되었는데도 다들 말이 없었다. 하, 뭐지 이 분위기는. 아빠는 살짝 넋이 나간 듯 추운 날씨에 창문을 연 채 운전했고, 엄마는 숫제 고개를 창가 쪽으로 푹 파묻고 있었다. 답답해 미치겠다. 대체 무슨 일이 있었던 걸까?

서귀포 쪽으로 내려와 '산방산'으로 왔다. 12월인 지금도 유채 꽃이 만발해 있었다. 운전하는 내내 말이 없던 아빠는 산기슭 주차장에 차를 댔다. 나는 가족들 눈치를 살피고는 여기서도 내리지 않기로 마음먹었다.

이번엔 셋 모두 내게 잔소리하지 않고 조용히 사라졌다. 분위기는 좋지 않은데 묘하게 호흡이 맞는다. 나는 이번에도 형우에게 톡을 날려 게임하자고 꼬드겼다. 우린 정신없이 게임을 즐겼다.

소변이 마려워 잠시 밖으로 나왔다. 아까보다도 차가워진 바람이 머리를 휩쓸고 지나갔다. 온몸에 소름이 쫙 돋았다. 아이스크림을 푹 떠 놓은 듯한 저 산 빼고는 이 추운 날씨에 뭐 볼 게 있다고 싸돌아다닌담.

먹구름이 잔뜩 낀 하늘이 심상치 않았다. 우리가 서귀포로 내려와서인지 날씨가 급변해서인지 알 수 없었다. 조금만 더 있으면 눈이든 비든 쏟아질 것 같았다. 나는 팔짱을 낀 채로 부지런히 걸었다. 화장실이 멀리 있는 게 짜증 났다.

툭.

그때, 내 머리 위로 무언가가 떨어졌다. 벌써 비가 내리는 건가? 땅을 보니 뭐가 내리고 있지는 않다. 이상한 느낌에 하늘을 올려다보니 기러기 떼가 V자 모양으로 날아가고 있었다. 설마…….

"에이씨!"

머리에 떨어진 건 다름 아닌 새똥이었다. 걸쭉한 느낌이 방금 기러기 똥구멍에서 나온 신선한 것이었다. 오늘 진짜 재수 옴 붙었다. 망할 기러기 같으니라고! 나는 괜히 주변을 살폈다. 다행히 아무도 없었다.

나는 화장실에서 머리카락을 닦아 내야 했다. 생각보다 머리에 똥이 깊게 스며들어 씻을수록 화가 났다. 냄새가 시큼털털했다. 짜증이 더욱 밀려왔다. 기러기 사냥하는 게임이라도 내려받아 전부 깨 버려야 속이 풀릴 것 같다.

차 안에 들어와 분을 삭이고 있는데 가족들이 모두 돌아왔다.

쾅!

그런데 이번엔 분위기가 더 이상했다. 초연이 펑펑 울었는지 눈동자가 빨갰다. 엄마 아빠는 여전히 말이 없었다. 문을 세게 닫은 초연이 아무와도 상종하지 않겠다는 듯 이어폰으로 귀를 막아 버렸다. 감히 말을 붙이기도 어려웠다.

도대체 무슨 영문인지 모르겠다. 왜 여기까지 와서 싸우는 거지? 설마, 이거 나 때문인가?

저녁 식사 분위기는 더욱 살벌했다. 정말로 다들 조용히 밥만 먹었다. 서귀포에서 맛집이라고 소문난 식당에, 흑돼지볶음과 옥돔구이가 한 상 가득 차려져 있는데도 무슨 맛인지 모를 정도였다.

"고기 안 먹으면 내가 다 먹는다?"

일부러 초연에게 말을 걸었지만 돌아오는 건 냉담한 침묵이었다. 엄마 아빠도 먹는 둥 마는 둥이었다. 뒤늦게 해물탕과 갈치조림도 나왔는데 벌써부터 남길 음식이 아까울 지경이었다.

"여기 남기면 벌금 십만 원일걸."

뻥을 쳤는데도 소용없었다. 왠지 나랑 가족들의 태도가 바뀐 느낌이다.

"예상보다 눈이 빨리 오네."

엄마가 한마디 했다. 아빠도 착잡한 얼굴로 창밖을 바라보았다. 정말로 굵은 눈이 펑펑 내리고 있었다. 나는 아빠한테도 장난을 걸었다.

"해안가는 비 온다며. 틀리는 솜씨가 기상청 뺨치는데."

아빠만 억지로 웃어 줄 뿐이었다. 엄마와 초연은 표정이 계속 굳은 채였다.

"얼른 가자. 눈 더 오면 움직이기 힘들어."

엄마가 침묵을 깨고 말했다. 제대로 먹은 지 얼마 안 됐는데! 그런데 아빠와 초연도 그 말에 순순히 외투를 걸치고 일어나는 게 아닌가. 음식이 이렇게나 많이 남았는데도 말이다. 내가 식당 주인이면 정말로 벌금을 매겼을 것이다.

굵은 눈덩이가 차창에 정신없이 부딪히고 있었다. 어두운 데다 눈까지 휘날려 앞이 잘 보이지 않았다. 게다가 도로에도 벌써 눈이 쌓여 차선을 구분하기 힘들 지경이었다. 차량의 와이퍼가 빠르게 움직이고 있었다.

결국 우려한 일이 벌어졌다. 엄마와 아빠가 차 안에서 말다툼을 시작한 것이다. 최근에 한 번도 보지 못한 상황이었다.

"날 풀리는 대로 내일 돌아가자. 이런 날씨에 어떻게 계속 여행해."

"무슨 소리야. 여기서 새해맞이 하면서 이런저런 얘기 나누기로 했잖아. 호텔이랑 항공편도 1월 1일까지로 예약해 놨다고."

여행을 단축하자는 건 엄마, 예정대로 하자는 건 아빠였다. 나는 속으로 이 여행이 하루라도 빨리 끝나길 바랐다. 집에 가면 더 많은 자유 시간을 누릴 테니까. 초연은 상관하지 않겠다는 듯 이어폰을 꽂고 있었다.

갑자기 엄마가 소리를 빽 질렀다.

"할 얘기 있으면 오늘 해!"

"......"

"왜 자꾸 시간을 질질 끌어? 가족들 여기 다 있잖아."

뭐지, 이건. 단순한 여행 일정 이야기가 아닌 것 같은데. 아빠가 고뇌하는 모습이 뒤에서도 느껴졌다. 아빠는 힘겹게 말을 꺼냈다.

"이번 여행 최선을 다하기로 했잖아. 당신도 재환이처럼 굴면 어떡해."

"거기서 내 얘기가 왜 나와!"

좋은 예는 항상 초연이고, 나쁜 예는 항상 나다. 늘 점잖게 대해 주던 아빠마저도 이렇게 말하니 부아가 치밀었다. 더 짜증 나는 건, 그러든 말든 둘이서 계속 싸운다는 사실이었다. 엄마가 웃으면서 비아냥거렸다.

"강 사장님, 일도 바쁜데 왜 무리하셨어요. 회사나 챙기시지."

아빠는 목소리를 억눌렀다.

"그렇게 말하지 마. 나도 이제 한계야."

엄마는 아랑곳하지 않았다.

"누군 지금 멀쩡한 줄 알아? 나는 이미 오래전부터 한계였거든!"

시끄러운 소리를 듣고 있으려니 참을 수 없었다. 나는 냅다 소리 질렀다.

"아이 씨! 그만하라고!"

한순간 정적이 흘렀다. 엄마의 입이 놀라 벌어진 게 굴곡진 갈색 머리카락 너머로 다 보였다. 초연도 내 목소리를 들었는지 이어폰을 빼고 상황을 살폈다. 찬물이 쫙 끼얹어진 듯 아무도 소리를 내지 않았다.

이윽고 엄마가 어깨를 들썩거리기 시작했다. 맙소사, 엄마가 울고 있었다. 그것도 너무나 서럽게. 아빠도 당황스러운지 엄마를 계속 바라보았다. 한번 시작된 흐느낌은 쉽게 사그라지지 않았다.

아빠가 매서운 눈으로 내 쪽을 돌아보았다.

"강재환! 어디서 큰소리야. 당장 엄마한테 사과해!"

그때, 맞은편 SUV 차량의 불빛이 번쩍했다. 나는 위협을 느끼고 소리쳤다.

"앞에 차 와!"

뒤늦게 정면을 본 아빠가 급히 브레이크를 밟았다. 그런데 그와 동시에 차가 휙 미끄러지며 돌고 말았다. 차마 비명을 지르기도 전에 SUV가 우리 차를 덮쳤다.

콰앙!

유리창이 깨지고, 몸이 붕 뜨고, 엄마와 초연의 머리카락이 거꾸로 솟아올랐다. 아빠의 얼굴은 에어백에 처박혔고, 내 머리는 차의 천장에 부딪혔다. 시간이 멈춘 듯 모든 느낌이 사라졌다.

이렇게 죽는 건가. 눈앞의 모든 것이 새까매졌다.

"……"

　　머리가 깨질 듯이 아프다. 야구 배트로 얻어맞은 듯한 통증이었다. 코피가 심하게 터졌는지 오른쪽 콧구멍이 휴지로 막혀 있었다. 손에는 피가 흥건했고, 붉게 변한 운명석 팔찌가 쥐어져 있었다.

　　시트가 푹신푹신하다. 병원인가? 뭔가 이상하게 풍경이 눈에 익다. 초연이 옆에서 날 바라보고 있었다. 뭔가 화가 난 것 같기도 하고 다급해 보이기도 하는 표정이다. 얘는 하나도 안 다쳤나? 미처 상황 파악을 하기 전에 방송이 흘러나왔다.

　　"승객 여러분, 제주공항에 오신 것을 환영합니다. 현지 시각은 열두 시, 기온은 섭씨 5도입니다. 비행기가 아직 이동 중이오니 좌석 벨트 표시등이 꺼질 때까지 좌석에 앉아 기다려 주시기 바랍니다."

　　뭐지, 이 익숙한 안내 방송은? 그제야 내가 비행기 안에 있다는 사실을 깨달았다. 설마 교통사고가 나자마자 비행기 타고 집에 가는 건가? 나는 기절한 채로 여기에 실려 온 거고?

　　"야, 내 말 씹냐?"

　　갑자기 초연이 쏘아붙였다.

"어?"

"네가 먼저 물어봤잖아!"

"내가 뭘?"

초연은 무척 답답해하고 있었다.

"그거 색깔이 왜 변했냐며."

그러면서 내 손에 있는 붉은 운명석을 가리켰다. 얘는 전에 나눴던 이야기를 왜 또 한담. 나는 무심코 휴대폰을 꺼내 시각을 확인했다.

[PM 12 : 01]

휴대폰 위쪽에 작은 글씨로 '12월 30일'이라고 표시되어 있었다. 비행기 모드라 전파가 안 통하는 건가?

"오늘 며칠이냐?"

초연이 까칠하게 대답했다.

"30일이잖아."

"어제가 30일이었는데, 오늘도 30일이라고?"

믿기지 않아 되물었더니 초연이 나를 이상한 놈 취급했다.

"뭔 소리야. 어젠 29일이었잖아. 겨울 방학식이었고."

잠시 후, 좌석 벨트 표시등이 꺼지고 승객들이 일어나기 시작했다. 도대체 이게 무슨 상황인지 알 수가 없었다. 초연이 내 어깨를 툭 쳤다.

"야, 내려."

그제야 자리에서 일어났다. 뭔가에 홀린 듯한 기분이었다.

12월 30일?

[제주특별자치도청] 금일(30일) 20시 제주도 전역에 예비 대설 특보 발효. 대중교통, 눈길 운전 등 안전사고에 주의 바랍니다.

어제의 그 문자가 지금 또 도착했다. 공항 안의 사람들이 동시에 휴대폰을 보는 모습이 어제와 똑같았다. 우리 가족이 잠시 멈춰 선 것까지도. 엄마가 휴대폰으로 제주도 날씨를 검색하며 걱정스러운 목소리를 냈다.

"오늘 밤 적설량이 최대 15센티래."

방금 엄마의 말도 굉장히 귀에 익었다. 아니나 다를까, 초연이 공항 밖의 하늘을 바라보며 말했다.

"지금은 맑은데?"

아빠도 애써 침착하게 말했다.

"한라산에만 눈 내리고 해안가는 비 올 거야. 제주도는 항상 그래. 저녁 먹고 일찍 숙소에 들어가야겠네."

이 사람들이 나를 골탕 먹이려고 짜고 치나? 똑같은 대사를 뻔뻔하게 날리다니. 가족들 틈에 끼어 걸어가면서도 주변을 유심히 살펴봤다. 공항 바깥의 택시 행렬과 야자수 풍경까지 너무나 익숙했다. 나는 침착해지려고 애를 썼다.

형우한테서 톡이 와 있었다. 보자마자 어제의 그 흑인 동영상이라는 것을 알 수 있었다. 빙판에 미끄러져 발광 떠는 모습을 봐도 이번에는 웃음이 안 나왔다. 나는 형우에게 톡을 보냈다.

[이거 어제 보낸 거 아니냐?]

[뭔 헛소리여.]

형우도 나를 이상한 놈 취급하고 있었다. 헛소리라니. 지금 나한테는 형우랑 가족 모두가 헛소리하는 걸로 보이는데.

이윽고 한참 걸어 도착한 곳은 렌터카 사무실이었다. 아빠가 먼저 말했다.

"차 예약했는데요."

어제 봤던 수염 숭숭한 직원이 심드렁하게 대답했다.

"예약하신 차종은 다 나갔고요. 지금은 쏘나타 LPG밖에 없네요."

그 뒤로 이어진 아빠의 신경질과 직원의 뻔뻔한 대처. 모든 게 놀랍도록 똑같이 재현되고 있었다. 어떻게 이런 일이 가능하지? 내가 예지몽을 꿨나?

점심으로 또 해물라면을 먹고 나니 정신이 명해졌다. 똑같이 맛없다! 예지몽에서 맛도 미리 느낄 수 있던가? 나는 그런 예지몽을 들어 본 적이 없다.

혹시 정신 질환 중에 이런 비슷한 게 있는지도 모르겠다. 모든 게 처음인 상황인데, 이미 한 번 겪은 일이라고 믿는 병. 과거를 까먹는 건 기억 상실증인데, 이런 증상은 뭐라고 하지? 진짜 그런 병이 있긴 한가?

"그때 무슨 생각이었냐고."

초연이 또 내게 물었다. 아까부터 붉은색으로 변한 내 운명석에 관심이 많았다. 자꾸만 기억나지 않는 것을 캐묻는 초연의 의도를 알 수가 없었다.

잠깐, 내가 겪는 신기한 느낌이 혹시 운명석과 관계가 있는 건가? 이 붉은 돌이 나한테 착각을 불러일으키나?

"야, 강초연."

"응?"

"……아니야."

나는 물어보려다 관두었다. 얘한테는 속내를 털어놓기가 꺼려진다. 혹시라도 내가 문제 있는 걸로 판명 나면 그냥 넘어갈 성격이 아니기 때문이다. 바로 엄마 아빠한테 고자질할 것이고, 아마날 미친놈으로 낙인찍을 게 분명했다.

"뭐야? 아까부터 멍해 가지고."

나는 할 말을 까먹었다고 둘러댔다. 초연이 입을 비쭉이고는 고갤 돌렸다. 아빠는 운전하는 내내 가스차라서 힘이 없다, 브레이크가 밀린다, 차가 낮아 전망이 잘 안 보인다, 같은 불평을 늘어놓았다.

하고 싶은 이야기가 굴뚝같았지만 나는 참기로 했다. 아무리 생각해도 가족에게는 이 상황을 말해야 하는지 결정하기 힘들었다.

협재 해변에 도착했다. 나는 마음이 심란해 내리기 싫었다. 그래서 이번에는 몸이 안 좋다는 핑계를 댔다. 엄마가 내 이마에 손을 얹으며 말했다.

"열은 없는데. 어디가 아픈 거야?"

"찬 바람 쐴 때마다 머리가 깨질 것 같아."

나는 정말로 얼빠진 표정을 지어 보였다. 엄마는 뭔가 탐탁지 않다는 표정이었다. 꾀병이 들통날까 조마조마하던 찰나, 아빠가 나섰다.

"재환이는 오늘 무리하면 안 될 것 같아. 차에서 쉬라고 하지."

그랬더니 엄마가 순순히 떠나는 게 아닌가! 나는 아빠의 뒷모습에 대고 엄지를 척 올렸다. 이렇게 순조롭게 풀릴 줄 알았으면 진작 꾀병 부릴걸.

나는 곧바로 형우에게 톡을 보냈다.

[야, 좀 이상하다.]
[왜?]
[오늘 일들을 이미 한 번 경험한 것 같아.]
[그건 또 뭔 소리여.]

형우는 별로 놀라지도 않았다. 자기도 지금까지 살면서 '어, 이거 전에 봤던 장면 같은데' 하며 놀란 적이 많았다는 것이다. '데자뷔'라는 심리학 용어가 있다는 것도 알려 줬다. 이 용어가 지금 내 상황을 어느 정도 설명해 주기는 했다.

[그럼 하루가 통째로 경험한 듯이 재현되는 것도 데자뷔라고 하나? 내가 오늘 너랑 게임 하면 몇 승 몇 패 할지도 미리 아는데?]

그제야 형우가 관심을 보이고 오늘 우리의 전적이 어떻게 될지를 말해 보라 했다. 나는 어제의 기억을 되살렸다.

[4승 1패.]

[뭐? 네가 4승?]

[어. 확실해.]

[돌았냐?]

그러면서 형우는 지금 당장 붙자고 했다. 나는 왠지 게임하는 시간도 어제와 똑같아야 할 것 같아서 이따 연락하겠다고 말했다.

차에서도 백사장과 바다가 어렴풋이 보이긴 했다. 마을 회관 건물에 가려 있지만 여기서 보는 풍경도 나쁘지 않았다. 차 안이 더 따뜻하기도 하고.

저 멀리 가족들이 돌아오는 게 보였다. 역시 날씨가 추워 오래 못 본 모양이다. 그런데…… 그 옆에 모래를 먹는 아이가 보였다. 어제 봤던 가로줄 무늬 점퍼였다. 쪼그려 앉아 있는 저 모습은 분명 모래를 맛보는 자세였다. 내 느낌이 점점 착각이 아니라는 확신이 들기 시작했다.

관광객이 붐비는 한림 공원에서도 나는 순조롭게 차에 남았다. 아까 제대로 꾀병을 연기한 덕분에 오늘 모든 여행 코스에서 열외였다. 가족들이 저 멀리 사라지자마자 나는 형우에게 톡을 보냈다.

[야, 지금 붙어 보자.]

[ㅇㅋ]

　우리는 곧바로 게임을 시작했다. 내 게임 등급은 다시 실버로 되돌아와 있었다. 순발력이 중요한 게임이라 잠시라도 삐끗하면 지는 거였다. 나는 어제처럼 정신없이 버튼을 연타했다. 그러다 문득, 내가 말했던 결과가 안 나오면 어쩌나 싶은 마음에 형우의 점수를 쳐다봤다.

　하필이면 잠깐 멈칫한 그사이에 점수가 뒤집혀 첫판을 지고 말았다. 어제와 달라진 상황이었다. 형우가 나한테 이제 나머지 판을 다 이겨야 예언 성립이라며 도발했다. 평정을 잃은 탓에 어제처럼 몰입하기가 어려웠다.

　다섯 판을 쉬지 않고 게임한 결과는 2승 3패. 나는 그대로 형우의 놀림감이 되고 말았다.

[신박하게 미친놈일세, 이거. ㅋㅋㅋ]

　형우는 내 속을 뒤집어 놓고 나서야 사라졌다. 내가 하루를 다시 산다는 말은 이제 씨알도 먹히지 않았다. 어째서 어제와 다른 결과가 나온 걸까?

　그때, 짜증 나는 광경을 또 목격했다. 주차장 후미진 곳에서 남자와 분홍 털모자 쓴 여자가 키스를 나누는 모습. 오늘도 서로 끌어안은 채로 입술이 떨어질 줄 몰랐다. 나는 장난기가 발동하여 자동차의 경적을 눌렀다.

빠아앙!

두 사람 모두 화들짝 놀라 주위를 두리번거렸다. 나는 킥킥 웃느라 정신이 없었다. 선글라스를 낀 남자가 어느 차인지 찾으려고 살피는 것 같았지만 멀리 떨어진 내가 범인일 거라고는 생각지 못하는 듯했다. 분홍 털모자를 쓴 여자도 서둘러 자기 차로 들어가 버렸다. 이번엔 제대로 한 방 먹였다.

아이스크림을 푹 떠 놓은 듯한 산방산에 도착했다. 아까부터 분위기가 안 좋은 탓에 모두 말없이 쌩하게 내렸다. 나는 뭔가 잘못되었다는 직감이 들었다. 어제 가족들이 다툰 이유가 나 때문이라 생각했는데 오늘은 말썽을 안 부렸는데도 똑같아서였다. 나는 가족들을 따라가 볼까 고민했지만, 지금까지 부렸던 꾀병 때문에 할 수 없이 차에 남아야 했다.

앞쪽에 해안가, 뒤쪽에는 산방산의 풍경이 한눈에 들어왔다. 가족들은 해안가의 마을로 향하고 있었다. 그쪽엔 유채꽃밭이 여럿 있었고, 예쁜 카페와 작은 놀이기구도 보였다. 그리고 멀리 네덜란드 사람 하멜이 표류했다는 배도 전시되어 있었다. 이곳도 꾸밀 대로 꾸며진 관광지라는 걸 알 수 있었다.

만약 내가 지금 겪고 있는 이상한 일을 딱 한 사람에게만 털어놓아야 한다면 누가 좋을까? 형우는 이미 내 말을 안 믿으니 패스, 초연은 재수 없으니 패스, 엄마는…… 오늘따라 이상하게 히스테릭하니 패스. 그렇다면 남은 사람은 아빠뿐이다. 나한테 점잖게 대해 주고 내 말도 잘 들으니까. 하지만 과연 말할 수 있을까? 오늘 하루를 어떻게든 넘기면 그걸로 족하지 않을까?

잡생각을 이어 가다 보니 시간이 꽤 지났다. 소변이 마려워 차에서 내려 화장실로 향했다. 그런데 뭔가 익숙한 게 머리 위로 툭, 떨어졌다.

그 즉시 하늘을 올려보니 기러기 떼가 날아가고 있었다. 아아, 젠장! 또 새똥을 맞고 말았다. 걸쭉한 것이 정수리에서 흘러내리고 있었다. 나는 누가 이 상황을 보지 않았는지 주변을 살폈다.

그런데 이상했다.

어제와 달리 한 사람이 보였다. 주차장 끝에서 기념품을 팔고 있는 노점상이었다. 그리 멀지 않았기에 내가 어제 발견하지 못했을 리 없다. 자세히 보니 할머니였다. 두루마기를 덮어쓰고 있어 바로 알아보기가 어려웠다. 나는 일단 머리를 닦아 내는 일이 급했기에 화장실로 뛰어갔다.

지독한 새똥은 오늘도 한참을 씻어 낸 뒤에야 냄새가 빠졌다. 겨울에 따뜻한 물도 안 나오는데 머리가 시려 죽겠다. 한 번도 아니고 두 번이나 당하다니.

기념품 할머니는 여전히 그곳에 있었다. 이 근처에는 관광객도 별로 없는데 왜 여기서 장사하고 있는 걸까. 인상도 음침해 보여 가까이 갈 엄두가 나지 않았다. 순간, 할머니와 눈이 마주쳤다. 나는 얼른 고개를 돌렸다. 눈동자가 너무 선명해 느낌이 이상했기 때문이다. 나는 서둘러 차 안으로 들어왔다.

초연은 이번에도 눈물이 그렁그렁한 상태로 차에 탔다. 엄마 아빠도 냉담한 표정이었고, 아무도 내게 말을 걸지 않았다. 막상 이 분위기를 다시 겪어 보니 가족들에게 무슨 일이 있었는지 정말로 알고 싶어졌다. 이럴 줄 알았으면 가족이나 따라다닐걸. 그럼 새똥을 맞는 일도 없었을 텐데.

저녁이 된 도로엔 눈발이 심하게 휘날렸다. 게다가 밤이라 시야가 확보되지 않았다. 어제 여기서 사고를 겪었기에 계속 창밖을 살폈다. 여차하면 경고해서 알려야 한다. 초연은 귀에 이어폰을 꽂고 있었다.

아니나 다를까, 엄마와 아빠가 또 차에서 다투기 시작했다.

"날 풀리는 대로 내일 돌아가자. 이런 날씨에 어떻게 계속 여행해."

"무슨 소리야. 여기서 새해맞이 하면서 이런저런 얘기 나누기로 했잖아. 호텔이랑 항공편도 1월 1일까지로 예약해 놨다고."

어제는 내가 엄마에게 큰소리치는 바람에 엄마가 울기 시작했고, 아빠가 수습하려다 앞쪽을 못 봐서 사고가 났다. 그렇다면 지금은 한마디도 하지 않는 게 상책이었다. 나는 엄마 아빠가 싸우든 말든 상관하지 않기로 했다.

엄마가 소리를 빽 질렀다.

"할 얘기 있으면 오늘 해!"

"……."

"왜 자꾸 시간을 질질 끌어? 가족들 여기 다 있잖아."

아빠는 힘겹게 입을 열었다.

"이번 여행 최선을 다하기로 했잖아. 당신도 재환이처럼 굴면 어떡해."

또 나를 끌어들인다. 이번에는 참아 넘겼다.

"강 사장님, 일도 바쁜데 왜 무리하셨어요. 회사나 챙기시지."

"그렇게 말하지 마. 나도 이제 슬슬 한계야."

"누규 지금 멀쩡한 줄 알어? 나는 이미 오래전부터 한계였거든!"

엄마의 시끄러운 목소리가 듣기 싫었지만, 나는 한 번 더 참았다. 여기서 내가 엄마에게 폭언을 해서 문제가 생겼기 때문이다. 그런데,

"그만하라고! 듣기 싫어 죽겠네!"

내가 했던 말을 아빠가 하는 것이 아닌가! 숨이 막힐 만큼 위압적인 표정이었다. 번뜩이는 눈에 참을 만큼 참았다는 울분이 드

러나 있었다. 아빠가 지금껏 엄마한테 이런 적이 없었는데.

순간 정적이 흘렀고, 조금 지나 엄마의 어깨가 들썩이기 시작했다. 맙소사, 어제와 똑같은 상황으로 가고 있다. 나는 정신이 번쩍 들어 아빠에게 경고했다.

"아빠, 운전 조심해. 조금 있으면 사고 나."

그러자 아빠가 내 쪽을 돌아보며 잡아먹을 듯이 소리쳤다.

"넌 좀 가만히 있어!"

저 멀리 맞은편에 SUV 차량이 불빛을 번쩍거리며 다가오고 있었다.

"아빠!"

소용없었다. 우리 차는 브레이크를 밟자마자 미끄러졌고, 정면의 자동차와 충돌하고 말았다. 유리창이 깨지고, 가족들 몸이 이리저리 부딪히는 게 슬로우 모션처럼 눈에 들어왔다. 천장에 내머리가 부딪치는 순간, 모든 감각이 한꺼번에 끊어졌다.

"……."

머리가 부서질 듯이 아프다. 바윗덩어리에 부딪혀도 이것보다는 안 아플 것이다. 손으로 만져 보았더니 정수리 쪽에 완만한 혹이 느껴졌다. 교통사고로 그런 것 같다. 나는 여기가 병원이기를 바랐다. 그런데,

"승객 여러분, 제주공항에 오신 것을 환영합니다. 현지 시각은 열두 시, 기온은 섭씨 5도입니다. 비행기가 아직 이동 중이오니……."

착륙 방송이 흘러나왔다. 내 콧구멍은 휴지로 막혀 있고, 손에는 피가 흥건했다. 12월 31일이 되었기를 빌었던 내가 바보다. 옆에서 초연이 쏘아붙였다.

"야, 내 말 씹냐?"

아오, 이젠 저 말이 너무 짜증 난다. 또 운명석이 붉게 변한 게 어쩌고저쩌고하며 집요하게 따져 물을 테지.

"내 말 씹냐고."

"그래! 씹는다! 어쩔래!"

초연은 눈이 휘둥그레졌고, 옆쪽에 앉은 다른 승객까지도 날 쳐다봤다. 나는 다른 사람의 시선까지 배려할 마음의 여유가 없었다. 코피 묻은 손으로 머리를 쥐어뜯듯 벅벅 긁었다. 지금 이 상황은 대체 어떻게 돼먹은 거란 말인가.

"미치겠네."

좌석 벨트 표시등이 꺼지고 사람들이 무심하게 내리기 시작했다. 방금까지 제주도에서 굴렀는데 또 제주도라니. 마치 죽으러 가는 것 같았다.

출구

나는 휴대폰의 비행기 모드를 풀기 전에 혼자 중얼거렸다.

"이십 시부터 예비 대설 특보."

곧바로 재난 문자 경보가 울렸고, 예상한 문자가 도착했다. 방금 내 말을 들었던 초연이 휴대폰을 보며 깜짝 놀랐다.

"대박. 어떻게 안 보고 알았어?"

나는 대답하지 않았다. 별로 말을 섞고 싶지 않았으니까. 문제는 따로 있었다. 이대로 계속 있다간 끔찍한 사고가 반복될 것이었다. 어제도 교통사고에서 벗어나려 했는데 결과가 같았으니 말이다.

나한테 왜 이런 일이 벌어지는 걸까. 내가 그동안 잘못 살아온 것 때문에 벌 받나? 좀 까칠하게 굴긴 했어도 이렇게 될 만큼 나쁘게 산 것 같진 않은데. 아니면 어떤 초월적인 존재가 날 가지고 노는 건가? 지금 당황한 내 모습을 보고 즐기고 있는 게 아닐까. 그렇다면 그 존재는 정말 개자식이다.

오늘은 대체 며칠인 걸까. 12월 30일이 사흘째 반복되고 있으니 원래대로라면 1월 1일이 돼야 했다. 하지만 해가 안 바뀌었으니 올해로만 따지면 12월 32일……. 말이 안 된다. 일단 오늘을 '12월 3X일'로 불러야겠다.

어쨌든 나는 12월 3X일에서 탈출해야 한다. 그러기 위해서 가장 효과적인 선택은 지금 바로 돌아가는 것이었다.

"집에 가자. 여기서 이러다 죽어."

가족들에게 진지하게 말했는데, 문제는 내가 여기 오기 전까지 여행 가기 싫어 미친 듯이 투정을 부린 놈이라는 사실이었다. 엄마 아빠는 물론이고 초연까지 나를 한심하게 여겼다.

"재난 문자 받으니 이때다 싶지? 오버하지 마. 낮에는 지금처럼 맑거든?"

초연에 이어 아빠도 거들었다.

"한라산에만 눈 내리고 해안가는 비 올 거야. 제주도는 항상 그래. 저녁 먹고 일찍 숙소에 들어가면 돼."

이 사람들 보소? 내가 방금까지 당신들이 맞이할 미래를 전부 다 겪고 왔다니까! 나는 이 말을 마음속으로만 삼키는 게 너무나 분했다.

난 곧장 매표창구로 직진했다. 돌아가는 비행기표부터 구해야 한다. 언제까지 제주도에만 갇혀 있을 순 없으니까. 인생이 끝나더라도 집에서 하고 싶은 걸 하다 최후를 맞이하고 싶다.

하지만 나는 창구에 도착하자마자 숨이 턱 막혔다.

[금일 제주공항 출발 항공편 매진]

전자 게시판에 안내 문구가 표시되어 있었다. '매진'이라는 붉은 글씨에 가슴이 철렁했다. 집에 가고 싶어도 불가능하다는 사실까지 확인해 버렸다.

뒤따라온 아빠가 점잖게 타일렀다.

"연말에 주말까지 겹쳤는데 표가 남았을 리가. 쓸데없는 짓 하지 말고 얼른 가자. 점심 먹으러 가려면 렌터카부터 받아야 해."

"......."

나는 꿈쩍도 하지 않았다. 이 순간, 결단을 해야 했기 때문이다. 혼자서는 난관을 극복하기 어렵다. 불행한 일을 막으려면 누군가의 도움이 필요하다. 이 상황에서 손을 내밀기 가장 좋은 사람은 아빠였다. 오늘 운전을 하기에 반드시 조심시켜야 하고, 내 편을 잘 들기도 하니까.

나는 조심스레 입을 열었다.

"아빠."

"응?"

"지금부터 내 말 잘 들어."

여기까지 말하고 반응을 살폈다. 아빠의 표정은 평상시와 다를 바가 없었다.

"아빠 오늘 운전하다 사고 날 거야."

"뭐?"

"교통사고 난다고. 그것도 심하게."

아빠의 입술이 비쭉 올라갔다. 마치 잘못 들었다는 듯이.

"아빠 무사고 이십 년이야."

아빠는 받아들일 생각이 없어 보였다. 나는 믿을 수밖에 없는 증거를 제시했다.

"렌터카 업체에 가면 직원이 쏘나타 LPG밖에 없다고 할 거야."

"뭔 소리야. 다른 차 예약했는데."

나는 아빠에게 내기를 걸었다. 내 말이 사실이면 앞으로 일어날 모든 일에 대해 내 의견을 따라 달라고. 아빠는 픽 웃고는 사무실에 들어갔다.

"차 예약했는데요."

수염 숭숭한 직원은 오늘도 변함이 없었다.

"예약하신 차종은 다 나갔고요. 지금은 쏘나타 LPG밖에 없네요."

그 순간 아빠가 휘둥그레진 눈으로 나를 쳐다봤다. 나는 어깨를 으쓱하는 것으로 대답을 대신했다. 아빠는 너무나 놀란 나머지, 직원에게 신경질을 부리지도 못했다. 그러고는 홀린 듯이 보험 서류에 서명했다. 옆에서 직원이 사근사근 물었다.

"체인 감아 드릴까요? 오만 원 추가하시면 되는데."

아빠가 또 나를 바라봤다. 나는 고개를 끄덕여 주었다.

점심으로 다들 해물라면을 먹을 때, 나는 혼자 전복죽을 시켜 먹었다. 맛도 없는 걸 또 먹을 생각은 없었다. 그래도 전복죽은 속이 든든하기라도 했다.

담배 냄새가 살짝 났다. 아빠가 나를 조수석에 앉힌 까닭이었다. 아빠는 렌터카의 일을 어떻게 알았느냐고 자꾸 물었다. 내가 속임수라도 쓴 줄 아는 모양이다.

"잔말 말고, 아빠는 무조건 내가 하자는 대로 하면 돼."

"렌터카에 전화해 본 거 아니야?"

"아니래도 그러네."

일부러 먼 경치를 보는 척하며 대답했다. 아빠랑 몰래 대화하는 게 신경 쓰였다. 엄마와 초연이 듣기라도 하면 오늘 하루에 지장이 많기 때문이다.

나는 이번엔 가족들이 왜 그렇게 다투었는지 따라다니며 알아보기로 했다. 어쩌면 이 시간을 벗어날 출구가 거기에 있는지도 모르니까.

"여기 바다 되게 예쁘지?"

협재 해변에서 엄마가 물었다. 황토색 모래 끝에 쪽빛 바다가 번지듯 어우러졌는데 바닥에 검게 깔린 현무암과 대비되어 바닷물이 맑고 깨끗해 보였다. 나는 순순히 인정하기로 했다.

"어. 그러네."

엄마는 빙긋 웃었다. 옆에서 포즈를 취하던 초연도 말했다.

"저기 멀리 봐 봐. 더 예뻐."

나는 외딴섬과 에메랄드빛 바다가 햇살에 반짝거리는 모습을 말없이 바라봤다.

"어때, 제주도 오니까 좋지?"

엄마가 또 확인하듯 물었다. 나는 엄마를 빤히 쳐다봤다. 이제 보니 엄마는 내가 이 여행을 싫어하면 어쩌나 눈치 보는 중이었다.

"응, 오길 잘한 것 같아."

이 얼마나 훈훈한 대화인가. 이제야 평화가 무엇인지 알 것만 같았다. 그런데…… 재수 없는 강초연이 끼어들었다.

"집에 가자고 할 땐 언제고?"

감동 다 깨진다. 나는 초연을 무시하고 아빠에게 말했다.

"춥다. 이제 가자."

내 말이 신호탄이 되어 우리 가족은 백사장을 걸어 나오기 시작했다. 오다가 보니 가로줄 무늬 점퍼를 입은 어린애가 또 모래를 먹고 있었다. 손바닥에 잔뜩 묻혀서 짠맛을 음미하는 모습이 지난번과 똑같았다. 나는 이번에야말로 이 아이를 말려야겠다는 생각이 들었다.

"야! 그거 먹으면 안 돼."

그러고는 아이의 손을 붙잡고 모래를 털어 주었다. 아이는 멀찍이 떨어진 부모와 나를 번갈아 보더니 갑자기 인상을 일그러뜨렸다.

"으아앙……, 엄마!"

뒤늦게 아이의 엄마가 조르르 달려왔다.

"뭐예요?"

"애가 모래를 먹고 있어서요."

아이의 아빠도 어느덧 옆에 있었다. 부부는 나를 경계하는 시선으로 쳐다보았다. 그러고 아이 옆에 서서 울음을 달래는데 건네는 말이 "무서웠지?" "이제 괜찮아" "엄마가 지켜 줄게" 같은 것들이었다. 나 지금 오해받은 건가?

아이 엄마가 내게 말했다.

"상관하지 말고 가세요."

저리 꺼지라는 듯 획 젓는 손동작이 정말 기분 나빴다. 내가 뭐라 따지기도 전에 우리 아빠가 착 가라앉은 목소리를 냈다.

"상관해서 정말 죄송한데, 애가 뭘 먹고 있는지는 살피셔야지요."

어른이 지적하니 부부는 나한테처럼 아니꼽게 대하지 못하는 모양새였다. 내가 폭발하기 직전이었는데 아빠가 살렸다. 나는 우리 가족도 '팀플'이 가능하다는 걸 알았다.

한림 공원의 아열대 식물원에는 커다란 선인장이 많아 사진 찍기에 제격이었다. 바깥에는 야자수가 즐비한 거리가 펼쳐져 있었다. 걷다 보니 다양한 돌하르방이 세워진 거리도 나왔다. 하트를 날리는 돌하르방이 먼저 우리를 맞이했다. 그 주변엔 빨간 동백꽃이 드문드문 피어 공간을 장식하고 있었다.

"여긴 신혼여행 때 이후로 처음이네."

엄마가 추억을 더듬듯 말했다. 그런데 아빠가 무심코 던진 한 마디가 그만 엄마의 화를 돋우고 말았다.

"난 여름에 직원들이랑 왔었어."

"하이고, 그러서? 왜 하필 제주도? 당신이 결정했어?"

엄마가 필요 이상으로 반응했다. 아빠가 쩔쩔매면서 워크숍이었다고 말했는데도 갈수록 더 쏘아붙였다. 나는 엄마가 왜 저렇게 화내는지 이해할 수 없었다. 엄마의 신경질을 받아 주는 아빠도 이상하기는 마찬가지였다.

공원 내에 있는 쌍용굴에 들어왔다. 어두컴컴한 이곳은 바깥보다 훨씬 따뜻했다. 5월 수학여행 때는 야외보다 시원했다. 깊은 동굴일수록 일 년 내내 일정한 기온을 유지한다는 사실을 표지판 설명을 읽고 알았다.

아빠가 이 동굴에 대한 추억을 꺼냈다.

"그때는 내가 감기 걸리지 말라고 이렇게 외투를 덮어 줬는데."

"됐어! 하나도 안 추워."

엄마가 어깨를 감싸려던 아빠의 손길을 뿌리쳐 버렸다. 아빠의 표정이 깜깜한 동굴보다 더욱 어두워졌다. 평소답지 않게 엄마가 왜 저럴까. 결국 아빠도 목소리에 감정을 실었다.

"애들 보는데 너무하는 거 아냐?"

초연은 완전히 사색이 돼 버렸다. 애는 왜 이리 긴장한담.

"에이, 왜들 그래, 모처럼의 여행인데, 스마일!"

뭔가 더 따지려던 아빠는 내가 팔을 붙잡아 이끈 덕분에 할 말을 삼켰다. 여전히 노기를 띤 엄마와 달리, 감정을 금방 가라앉히는 모습이었다.

어제까지 한림 공원만 다녀오면 가족들 표정이 모두 안 좋았다. 아마도 이런 일이 있었던 모양인데, 초연은 엄마 아빠를 말리지도 않고 뭐 했담?

길가에 돌아다니는 공작새를 따라가다 보니 연못 정원이 나왔다. 바위 절벽에서 폭포가 여러 갈래로 쏟아졌고, 연못을 중심으로 둥그런 휴게 공간이 조성되어 있었다. 보아하니 이곳은 데이트 코스로 안성맞춤이었다. 마침 옆에 손을 허리까지 휘감고 앉은 커플이 있었다. 그런데 왠지 두 사람의 모습이 낯익었다.

선글라스를 낀 남자와 분홍 털모자를 쓴 여자.

나는 웃음을 참느라 힘들었다. 바로 어제까지 주차장에서 진한

키스를 나누던 그 커플이었기 때문이다. 지금 보니 둘 다 나이가 꽤 있어 보였다. 거의 우리 아빠뻘? 그 커플이 일어나 멀리 떠나자, 엄마가 뒷모습을 보며 말했다.

"저 사람들 좀 이상하지 않아?"

가시가 돋친 말투였다. 엄마는 그 뒤로 침묵했다.

산방산에 와서도 엄마의 화는 점점 증폭되어 갔다. 해안가 마을을 걷는 내내 아빠도 굳은 얼굴이었다. 이 시간만 되면 여유로운 강 사장님의 분위기는 온데간데없었다. 초연도 두 사람의 눈치를 실실 살폈다.

나는 그 와중에도 마당을 예쁘게 꾸민 옆쪽 카페에 눈길이 갔다. 이름이 '아라첼리'였다. 저기서 따뜻한 차라도 마시면 좋겠는데 아무도 그럴 생각이 없어 보였다.

한참 지나서 초연이 뭔가를 작정한 얼굴로 입을 열었다.

"저기, 엄마 아빠."

목소리에 울적함이 가득했다. 나는 그 순간, 초연을 말려야 한다는 직감이 왔다. 산방산만 다녀오면 초연이 울었고, 엄마 아빠의 표정도 더욱 어두워졌기 때문이다. 나는 팔을 휘저으며 셋 사이로 끼어들었다.

"배고파 죽겠네! 다들 걷기만 할 거야? 저기 카페에 가서 간식이라도 먹자."

"비켜. 나 할 말 있어."

초연은 눈가가 촉촉해져 있었다. 생각보다 비장했다.

"할 말은 무슨. 이따 해."

"비키라고!"

그 순간 초연이 날 떠밀어 버리는 게 아닌가! 나는 그대로 비탈 길에서 엉덩방아를 찧었다. 반사적으로 손을 짚었는데, 하필이면 손바닥을 다치고 말았다.

"아이 씨, 장난해?"

이쁘가 일으켜 주며 괜찮은지 물었다. 나는 초연을 흘겨봤다.

"하, 진짜! 내가 참고 말지."

길쭉하게 까진 상처 때문에 주먹을 쥘 때마다 쓰라렸다. 가족 들이 다들 왜 이리 감정적인지 모르겠다.

눈발이 심해진 도로는 날까지 어두워 앞을 분간하기가 힘들었 다. 항상 여기에서 교통사고가 났었기에 가슴이 두근거렸다. 나는 이번에도 조수석에 앉았다. 큰일을 대비해야 했고, 엄마 아빠가 붙어 앉아 다투는 일이 없도록 하려는 이유도 있었다. 하지만 둘 이 또 티격태격하기 시작했다.

"날 풀리는 대로 내일 돌아가자. 이런 날씨에 어떻게 계속 여행 해."

"무슨 소리야. 여기서 새해맞이 하면서 이런저런 얘기 나누기 로 했잖아."

날카로운 말이 앞뒤로 오가니 기분이 더욱 심란했다. 나는 아빠에게 충고했다.

"엄마 말에 대꾸하지 마. 여기서 싸우다 사고 나니까."

아빠는 표정 없이 고개만 끄덕였다. 살짝 넋이 나간 듯한 얼굴을 보니 내 말을 새겨들었는지 의문이었다. 뒷자리의 엄마가 더욱 크게 소리쳤다.

"할 얘기 있으면 오늘 해!"

"……."

"왜 자꾸 시간을 질질 끌어? 가족들 여기 다 있잖아."

나는 엄마에게 차분히 말했다.

"엄마, 여행 중에 자꾸 이러면 어떡해."

엄마가 파르르 떨리는 눈으로 날 한참 바라봤다. 내가 나설 줄 몰랐던 모양이다. 잠시 정적이 흘렀고, 엄마는 더 이상 큰소리를 내지 않았다. 초연은 그러거나 말거나 이어폰만 꽂은 채 창밖을 바라보고 있었다.

시간이 조금 지났을 무렵이었다. 뒤에서 끅끅, 흐느끼는 소리가 들리기 시작했다. 이번에도 엄마였다. 부드럽게 말렸는데도 또 울다니. 대체 왜 그러는지 모르겠다. 아빠도 자꾸 뒤를 돌아보았다.

바로 그때, 맞은편의 SUV 차량이 불빛을 번쩍거렸다. 나는 소리쳤다.

"아빠! 앞에 차 와!"

뒤늦게 정면을 본 아빠가 급한 대로 브레이크를 밟았다. 곧바로 꿍음과 함께 차에 제동이 걸렸고, SUV 차량은 성난 듯이 경적을 울려 대고는 옆으로 쌩 스쳐 갔다. 간발의 차이로 피한 상황이었다. 초연이 이어폰을 뽑으며 무슨 일인지 물었고, 엄마도 울다 말고 운전 똑바로 하라며 신경질을 부렸다.

나는 아빠에게 말했다.

"체인 안 감았으면, 방금 사고 나는 거였어."

아빠도 인정할 수밖에 없는지 덜덜 떨 듯 고개를 흔들었다. 가르마를 탄 머리가 볼품없이 헝클어져 있었다. 갓길에 차를 세운 아빠는 시동을 켠 채로 잠시 쉬었다. 그리고 진정한 뒤에야 다시 운전을 시작했다.

우리 차가 처음으로 낯선 도로를 달리고 있었다. 사실 딱히 새로운 풍경도 아닌데 모든 게 신선해 보였다. 이 상황이 진짜인가 싶어 휴대폰을 봤다. 오후 일곱 시 오십일 분. 볼도 세게 꼬집어 봤다. 미치도록 아프다. 이건 꿈이 아니다.

드디어 사고를 모면했다!

그날 밤

우리 차는 십 분쯤 더 달린 끝에 서귀포의 예약한 호텔로 들어섰다. 건물 기둥이 깔끔하고 세련된 걸 보니 지은 지 얼마 안 된 듯했다.

제주 어디에나 보이는 야자수가 호텔 정원에도 심겨 있었고, 거센 눈바람에 나무들이 휘청거렸다. 그래서인지 투명창 안쪽으로 보이는 호텔 로비가 더욱 아늑해 보였다. 우리는 주차 요원이 안내해 준 지하 2층으로 들어갔다.

"아, 빨리 쉬고 싶다."

초연이 이어폰을 집어넣으며 말했다. 엄마는 말없이 차 안의 쓰레기를 정리했고, 주차를 마친 아빠 역시 무척 고단해 보이는 얼굴이었다. 다들 여행의 하루 일정을 끝낸 그 이상의 느낌은 없어 보였다.

나만 이 순간이 감격스러운가 보다. 지금은 내가 한 번도 겪지 않은 미래의 시간이었다. 여기저기 헤매고 뱅뱅 돈 끝에 찾은 미로의 탈출구였다. 주차장 바닥을 밟는 감촉과 차 문이 쿵 닫히는 소리마저 상쾌했다.

커다란 엘리베이터를 타고 1층으로 올라왔더니 높은 천장에 고풍스러운 로비가 펼쳐졌다. 밖에서 볼 때보다 실내가 무척 넓었다. 나는 새로운 여행지라도 구경하듯 이곳저곳 둘러보았다. 붉은 카펫이 일자로 길게 깔렸고, 왼쪽 벽에 조각품과 그림이 전시되어 있었다. 구석구석 신경 써서 꾸민 듯했다.

"강헌호로 스탠더드 룸 두 개 예약했는데요."

아빠가 매너 있는 목소리로 예약을 확인하고 열쇠를 받는 과정마저 모두 아름다워 보였다. 기분이 좋으면 뭐든 좋아 보이는 법이다. 나는 이제 남은 여행을 진심으로 즐길 준비가 됐다.

아빠와 나, 둘이서 같은 객실을 쓰기로 되어 있었다. 엘리베이터에 올라타서 8층까지 올라갈 동안, 아무도 말하지 않았다. 아직 앙금이 풀리지 않은 까닭이었다. 엄마와 아빠는 다른 곳을 보며 딴청만 부렸고, 초연도 꽁한 얼굴로 휴대폰만 만졌다. 좁은 공간엔 계속 정적이 흘렀다.

"내일 봐."

문이 열릴 때 엄마와 초연 뒤에 대고 인사했는데 아무도 돌아보지 않았다.

아빠를 따라 객실에 들어와 보니 은은한 조명과 함께 큼직한 침대가 보였다. 방은 넓지 않아도 아늑한 분위기였다. 하룻밤 쉬고 가기 좋도록 실용적으로 꾸민 느낌. 마음에 들었다.

아빠가 먼저 씻은 다음에 나도 샤워를 했다. 온종일 추웠는데 따뜻한 물에 몸을 맡기니 마음도 녹는 듯했다. 이렇게 씻는 게 얼마 만인가. 일부러 천천히 샤워했다. 낮에 다친 왼쪽 손바닥이 쓰라렸지만, 그 정도는 상관없었다.

머리를 말린 다음, 침대에 누웠더니 기분 좋은 피곤함이 몰려왔다. 마치 며칠 만에 쉬는 느낌이었다. 베개는 부드러웠고 이불역시 너무 뽀송뽀송해 나도 모르게 몸을 비비적거렸다.

아빠가 갑자기 TV의 볼륨을 낮췄다. 그러고는 다짜고짜 물었다.

"재환아, 오늘 일 대체 어떻게 된 거냐?"

"뭐가?"

"아침에 렌터카 빌렸을 때도 그렇고, 교통사고 날 뻔한 거 예견한 것도 그렇고. 아무리 생각해도 이해가 안 돼서."

마치 나를 영험한 무당처럼 취급하고 있었다. 진지함이 가득한 아빠 얼굴을 보고 있자니 웃음이 나올 뻔했다. 이거 잘하면 아빠를 골려 먹을 수 있겠다.

"나한테 가끔 미래가 보여."

"어떻게?"

아빠의 눈이 더욱 커졌다. 나는 운을 띄워 놓은 말을 어떻게 이

어갈까 고민하다가 적당히 둘러댔다.

"예지몽을 꿔. 오늘 무슨 일이 벌어질지 다 보이더라고."

"그래서 네가 늦잠 잤구나."

굳이 아니라고 해명할 필요는 없었다. 아빠가 내 말에 완전히 빠져든 것 같다. 기왕 시작한 거 화끈하게 뻥 쳐 봐야겠다.

"잘하면 내일도 보일걸."

이렇게 얘기하면 아빠가 더 흥미를 느낄 줄 알았다. 그런데 아빠의 안색이 대번에 어두워지는 게 아닌가. 분명 뭔가를 두려워하는 기색이었다. 나는 이걸 그냥 넘길 수 없었다.

"사실, 벌써 봤어. 분위기가 좀 안 좋은 것 같았어."

거짓말을 해 봤는데, 아빠가 땅이 꺼지도록 한숨을 쉬었다. 이것 봐라. 분명 나한테 얘기하지 않은 게 있다. 나는 계속 심문했다.

"엄마 오늘 대체 왜 그런 거야? 너무 까칠하던데."

아빠가 되레 나한테 물었다.

"내일 엄마가 어떻게 행동하는지도 보이든?"

"어. 대충."

"어떻게 되는데?"

바짝 다가오며 묻는다. 이거 복채라도 받아야 할 판이다. 아빠는 아까부터 엄마에 관련된 것이라면 이상할 정도로 쩔쩔매고 있었다. 나는 아빠가 원하는 걸 순순히 말할 생각이 없었다.

"아빠부터 엄마가 왜 저러는지 말해 줘. 그러지 않으면 나도 말

안 해."

아빠는 진심으로 고뇌하고 있었다. 평소 품위 있게 행동하던 강 사장님은 온데간데없고, 지금은 손으로 얼굴을 감싸 쥔 초라한 인간 강헌호만 있었다. 정돈되지 않아 축 늘어진 머리는 옆쪽이 휑했다. 아빠가 그런 머리카락을 헝클어 댔다.

"재환아."

"응?"

아빠 목소리가 착 가라앉았다. 나는 더 이상 장난칠 수 없음을 직감하고 아빠를 바라보았다. 아빠는 심지어 리모컨을 눌러 TV를 완전히 껐다.

"지금부터 아빠가 하는 말 이상하게 들으면 안 돼."

나는 고개를 끄덕일 수밖에 없었다. 침이 꿀꺽 넘어갔다.

"그리고 초연이한테는 아직 비밀이야. 원래는 다 모아 놓고 말하려 했거든."

아빠는 이렇게 단서를 달고도 한참을 뜸 들였다. TV 소리마저 사라져 무거워진 공기가 답답할 정도였다. 아빠는 한숨을 푹 쉬었다.

"사실……, 아빠 회사 부도나기 일보 직전이야."

"뭐?"

다른 말보다 '부도'라는 두 글자에 눈이 번쩍했다. 잘은 모르지만, 저 말이 회사가 망한다는 뜻이란 건 안다. 아빠가 자책하듯 얼굴을 손에 파묻었다.

"재작년에 중국 쪽과 큰 거래 맺은 게 있었는데, 그쪽이 도산하는 바람에 타격이 어마어마해. 선급금까지 다 치른 뒤였거든."

다 알아듣지는 못했지만 분명 심각한 이야기였다. 아빠가 집에서는 사업 얘기를 거의 하지 않기에 회사가 정확히 무슨 일을 하는지 나는 모른다. 직원이 서른 명 정도고, 해외 이곳저곳에 거래처를 둔 유통 관련 회사라는 것밖에. 아빠의 목소리는 더욱 침울해졌다.

"어떻게든 빚내서라도 막았는데 이젠 한계인 것 같아."

공기가 착 가라앉다 못해 몸을 짓누르는 느낌이었다. 나는 뭐라도 위로의 말을 하고 싶었지만 아무것도 할 수 없었다. 흐음, 내쉬는 소리가 정적을 깨뜨릴 뿐이었다. 솔직히 아빠가 이런 이야기를 하는 것도 적응 안 된다.

"재환아, 엄마는 요즘 회사 이야기만 꺼내면 화를 내. 아까도 그랬잖아."

그러고 보니 둘의 분위기가 험악해진 것도 아빠가 회사 직원들이랑 한림 공원에 왔었다는 얘기를 한 직후부터였다. 무슨 감정의 빨간 버튼이라도 눌린 듯 엄마가 완전히 다른 사람으로 변해버렸다.

"엄마가 이 상황을 이해 못 하는 거야?"

"이해는 무슨……. 너, 이 얘기까지 들으면 정말 놀랄 텐데."

내심 나를 떠보는 눈치였다. 이젠 대화의 주도권을 아빠가 완전히 쥐고 있었다. 나는 다음 말이 궁금해서 미칠 지경이었다.

"뭔데?"

아빠는 푹, 또 한숨을 쉬었다. 벌써 몇 번째인지 모르겠다. 그러고는 나를 보면서 허탈하게 웃었다.

"에이, 내일 얘기하려고 했는데. 비밀만 잘 지켜 준다면야."

"빨리 말하라고. 뭔데?"

"재환아, 사실은 아빠랑 엄마……."

그러곤 말을 못 한다. 나는 눈빛으로 다음 말을 재촉했다.

"몇 달 전에 이혼했어."

눈앞에 벼락이 떨어진 기분이었다. 내가 지금 잘못 들은 건가?

"뭐, 뭐라고? 이혼?"

힘없이 고개를 끄덕이는 아빠 모습이 비현실적으로 보였다. 머리가 어질어질했다. 맙소사, 내가 혹시 다른 평행 우주로 와 버린 게 아닐까? 영화를 보면 평범하게 살던 주인공이 다른 세계로 가서 전혀 다르게 살아가는 자신을 목격하는 스토리가 있다. 마치 지금이 그런 것 같았다.

"말이 돼? 난 아무것도 몰랐는데?"

그래, 분명 뭔가 잘못됐을 것이다. 반복되는 하루에서 벗어났더니 이제는 이상한 세계로 넘어와서 완전히 달라진 우리 가정을 목격하고 있구나.

아빠가 내 눈을 똑바로 바라보았다.

"놀라는 것도 당연하지. 그동안 비밀로 했으니까."

확인 사살까지 하는 아빠의 말이 내 머리에서 천둥소리처럼 울려 퍼졌다. 평행 세계 따위 없었나 보다. 나는 너무나 당연한 질문이 떠올랐다.

"그럼 왜 지금도 같이 살아?"

아빠가 조금 차분해진 얼굴로 대답했다.

"서류상 이혼이야."

"……서류상?"

"어. 아빠한테 빚이 너무 많아서 너희한테 피해가 갈 상황이거든. 그래서 아빠 혼자 짊어지는 거지."

이 말을 하는 아빠의 목소리엔 굳은 결의가 느껴졌다. 이걸 대단하다고 해야 하나? 일종의 희생정신 같은 건가? 아빠는 눈을 내리깔았다.

"그리고, 아빠 요즘 힘들어서 우울증 약 먹어."

맙소사. 항상 든든한 아빠였는데. 사업이 어려워지면 이렇게 망가질 수 있는 건가? 내가 가장 불쌍한 사람을 만난 듯 쳐다봤더니 아빠가 날 안심시켰다.

"너무 걱정하지 마. 아빠 사업이 회복되면 엄마랑 다시 합칠 거니까. 사실, 내일 말하려던 것도 이것 때문이었어."

"엄마 아빠 이혼한 거?"

아빠는 고개를 끄덕였지만 내가 포인트를 정확히 짚은 것 같지는 않았다. 아빠가 흠, 헛기침을 하더니 또 다른 이야기를 꺼냈다.

"이제 빚쟁이들이 쫓아다닐 거라 아빠가 엄마랑 좀 떨어져 있으려고 해. 적어도 집에 빨간딱지 붙는 건 막아야지. 너희 공부 방해해서도 안 되고."

한마디로 아빠가 우리랑 따로 살겠다는 소리였다. 나도 모르게 한숨이 튀어나왔다. 집에서 유일하게 말이 통하는 사람이었는데.

"이 얘기하려고 제주도까지 온 거야?"

아빠는 소리 없이 웃었다.

"언제까지 떨어져 지내야 할지 모르니 마지막으로 추억 쌓으려고. 앞으로 우리 가족이 또 뭉쳐서 여행 다닐 거란 보장이 없잖아."

쓸쓸한 말투에 나는 그만 눈물이 핑 돌고 말았다. 결국 갑작스러운 연말 여행은 아빠와의 헤어짐을 기리기 위한 이별 여행이었다. 가기 싫다고 투정 부렸던 여행에 이런 의미가 담겨 있었을 줄이야.

"엄마 말 잘 듣고. 초연이 너무 미워하지 말고."

나는 벽만 바라본 채로 고개를 끄덕였다. 시곗바늘이 뭉그러져 보여 몇 시인지 알 수 없었다. 아빠는 그 와중에도 내게 궁금한 걸 물었다.

"그나저나 엄마는 내일도 화가 많이 나 있든?"

이젠 흥이 깨진 탓에 더는 미래를 봤다는 거짓말을 하기 싫었다. 하지만 지금 와서 장난이었다고 밝힐 수도 없는 노릇이라 조용히 둘러댔다.

"어. 오늘처럼 계속 예민해."

"그렇구나. 어떻게든 기분 좀 풀어 주고 싶었는데."

나도 엄마의 마음이 궁금했지만, 본 적도 없는 미래를 말할 순 없었다. 나는 이불을 머리끝까지 푹 덮었다. 아빠가 불을 끄며 말했다.

"피곤하니 일찍 자자. 내일은 오늘보다 많이 움직여야 할 테니까."

방이 깜깜해졌다. 이윽고 우리의 숨소리만 들렸다. 방금까지 들었던 아빠의 말을 정리하는 것만으로도 마음이 복잡해졌다. 내가 몰랐던 일들이 이렇게나 많았다니. 그동안 철없이 굴었던 행동이 머릿속에 죽 스쳐 지나갔다. 특히 아빠에게 저지른 잘못들이 너무나 후회되었다.

아빠는 그런 내 마음을 아는지 모르는지 어느새 잠이 들어 코를 골았다. 온종일 운전하느라 피곤했던 모양이다. 나도 돌아누운 채로 잠을 청했다. 내일 하루만큼은 초연에게 이 모든 걸 비밀로 해야 한다고 마음먹으며.

재깍재깍 초침 소리와 아빠의 코 고는 소리가 어우러지니 정신이 점점 몽롱해졌다. 나는 베개에 얼굴을 더욱 파묻었다. 부드럽고 두꺼운 이불이 내 몸을 감쌌다. 푹신한 감촉이 나를 한없이 깊은 무의식 속으로 몰고 갔다.

"……."

갑자기 주변이 환해졌다. 눈이 부셔 곧바로 눈을 뜨지 못했다. 졸음이 가시지 않아 머리도 띵했다. 마치 세상이 나를 억지로 깨운 것 같았다. 그런데…….

"승객 여러분, 제주공항에 오신 것을 환영합니다. 현지 시각은 열두 시, 기온은 섭씨 5도입니다. 비행기가 아직 이동 중이오니…….."

쌍욕이 튀어나올 만큼 섬뜩한 기내 방송이 흘러나왔다. 교통사고도 피했는데! 에이 설마, 아닐 거야. 나는 눈을 치켜뜨고 주변을 살폈다.

절망스럽게도 내 콧구멍은 휴지로 막혀 있고, 손에는 피가 흥건했다. 그리고 붉게 변한 운명석 팔찌가 쥐어져 있었다. 게다가 나는 잠옷이 아닌 검은색 패딩 점퍼를 입었고, 내가 아는 비행기 풍경 그대로였다.

"야, 내 말 씹냐?"

옆에서 노려보고 있던 초연이 쏘아붙였다. 오, 맙소사. 이거 제발 내가 호텔에서 꿈꾸고 있는 거면 좋겠다. 시간이 왜 또 지랄 맞은 12월 30일 정오로 돌아온 걸까. 내가 대체 뭘 잘못했다고!

"내 말 씹냐고."

초연이 또 물었다. 애는 왜 내가 정신 못 차릴 때마다 거슬리게 구는지 모르겠다. 나는 신경질을 잔뜩 섞어 물었다.

"뭘?"

"그거 색깔이 왜 변했냐며."

초연이 내 손의 붉은 운명석을 가리켰다. 그래, 매번 이 소리를 했었지.

그런데 뭔가 이상한 걸 발견했다. 운명석을 쥔 왼쪽 손바닥에 길쭉한 상처가 나 있는 것이 아닌가. 분명 초연이 산방산에서 떠밀었을 때 다친 것이었다.

시간을 되돌아왔으니 이 상처는 이제 없어야 했다. 대체 어떻게 된 일일까. 나는 혹시나 하는 마음에 머리에 났던 혹도 만져 봤다. 통증이 느껴지지만, 많이 가라앉아 있었다. 마치 하루가 지난 것처럼.

정신이 번쩍 들었다. 12월 30일로 돌아와도 내 몸의 시간은 상관없이 흘러가고 있기 때문이다. 그렇다면 이런 상황이 계속 반복될 경우, 나 혼자 나이를 먹게 되는 셈이다. 게다가 함부로 죽거나 다치기라도 하면 큰일이다. 내 육체는 전날의 인과를 따르고 있으니 말이다.

갑자기 온몸에 소름이 돋았다.

엄마

비행기에서 내린 후, 수하물을 찾는 내내 생각해 보았다. 아무리 살펴봐도 이상한 점이 한둘이 아니었다.

우선 교통사고가 그랬다. 나는 지금까지 사고를 두 번이나 당했는데도 멀쩡했다. 그런데 어제 산방산에서 다친 손바닥은 상처가 그대로였다.

내가 교통사고에서 죽었다면 지금 이렇게 살아 있을 수가 없다. 내 몸에 한해서 전날의 결과가 오늘로 이어지니 말이다. 그렇다면 나는, 교통사고를 당했을 때 별로 다치지 않았다는 결론이 나온다. 그런데도 그 뒤의 일이 이어지지 않고 시간이 곧장 12월 30일 정오로 돌아온 건 왜일까.

아빠도 이상했다. 어제 들은 대로라면 절망의 늪을 헤매고 있어도 부족할 판이다. 그런데 아빠는 지금 콧노래를 부르는 중이었다. 일부러 밝은 척하는 건가? 아빠의 생각을 확인해 보고 싶다. 하지만 여기서 그런 얘기를 꺼내면 발뺌할 가능성이 크다. 지금 시점의 아빠는 나한테 아직 마음을 열지 않았으니 말이다.

"야, 캐리어 오잖아."

초연이 어깨를 툭 치며 앞을 가리켰다. 내 캐리어가 줄을 지나쳐 저쪽으로 가고 있었다. 얼른 달려가 캐리어를 번쩍 들고 왔다.

"너 갑자기 왜 이렇게 멍하냐? 코피 쏟을 때 뇌도 같이 쏟았냐?"

나는 목소리를 착 깔았다.

"닥쳐. 나 건들지 마."

초연은 눈이 휘둥그레져 저만치 떨어졌다. 뭔가 하고 싶은 말이 있었던 것 같은데 좌절된 모양새였다. 목에 걸린 푸른 운명석이 힘없이 흔들렸다. 안 그러고 싶어도 얘한테는 말이 험하게 나간다. 어차피 시간이 되돌려지면 까먹을 텐데, 뭘.

나는 화장실에서 핏자국을 씻으며 생각했다. 어제 아빠에게 들은 사실을 어떻게 받아들여야 할까. 정말 이 여행이 끝나면 우리 가족은 갈라지는 걸까. 엄마는 어디까지 알고 있을까. 설마 이 모든 걸 알면서 아빠에게 짐을 지우기로 작정한 것일까.

문득 엄마 생각이 궁금해졌다. 어차피 반복되는 시간이라면 무슨 짓을 해도 다시 정오의 비행기로 돌아올 테니까. 이번엔 엄마랑 얘기를 나눠 보자. 나는 화장실에서 나오자마자 엄마에게 붉게 변한 운명석을 내밀었다.

"이거 색깔 봐 봐."

엄마의 눈이 대번에 커졌다. 어릴 적부터 운명석에 흙만 묻혀 와도 호들갑을 떨곤 했으니. 나는 그런 엄마에게 귓속말을 했다.

"이게 붉게 변한 뒤로 이상한 일이 벌어져."

"무슨 일?"

"자꾸 미래가 보여."

나는 이번에도 같은 거짓말을 했다. 엄마는 쉽사리 믿으려 하지 않았다. 그래서 강력한 근거를 제시했다.

"지금 비행기 모드 풀면, 문자가 와 있을 거야. 이십 시부터 대설 예비 특보."

엄마는 내 말대로 휴대폰을 만지더니 바로 울리는 재난 문자에 깜짝 놀랐다.

"어머, 진짜네."

"그리고 아빠는 예약했던 렌터카를 못 빌려. 분명 쏘나타밖에 없을걸."

엄마는 사무실에 가자마자 내 말대로 돌아가는 상황을 보고 까무러칠 듯 놀랐다. 나는 이 비밀을 다른 사람에게 절대 말하지 말라고 주의시켰다. 그리고 아빠에게는 반드시 바퀴에 체인을 감아야 한다고 경고했다.

한림 공원에 오자마자 나는 엄마에게 미리 일러두었다.

"아빠가 직원이랑 여기 왔었다고 말할 거야. 그 말을 듣고 화내면 안 돼. 여기서 다투는 바람에 결국 교통사고까지 이어지거든."

"여길 왔었대? 그것도 회사에서?"

엄마가 무척이나 흥분했다. 오히려 놀란 건 나였다. 나한테 말 몇 마디만 듣고도 이런 반응이라니. 식물원 밖으로 데리고 나가서 진정시켜야 했다. 엄마는 눈물까지 글썽거렸다. 차가운 바람이 굴곡진 머리를 헝클어 처량 맞게 했다. 이게 그 정도로 큰일인 걸까. 엄마가 진정된 뒤에야 우리는 다시 식물원에 들어올 수 있었다.

야자수 통로를 지나, 다양한 돌하르방이 진열된 거리에 이르렀다. 초연은 하트를 날리는 돌하르방, 이를 드러내고 웃는 돌하르방, 엄지를 올린 돌하르방까지 모든 조형물 앞에 멈추어 사진을 찍었다. 나는 힙합 스타일처럼 고개가 삐딱하고 한 손을 허리춤에 올린 돌하르방에 시선이 머물렀다.

엄마가 붉은 동백꽃을 보며 푸념하듯 말했다.

"여기 정말 오랜만에 와 보네."

아빠가 아무 생각 없이 대꾸했다.

"난 여름에 직원들이랑 왔었어."

순간 엄마가 정신이 번쩍 들었는지 눈을 크게 뜨고 날 쳐다보았다. 내 말이 적중한 까닭이었다. 아까 미리 알려 줬는데도 엄마 얼굴엔 분노가 서려 있었다. 내가 눈짓을 한 뒤에야 엄마는 겨우 목소리를 누그러뜨렸다.

"……그랬구나. 좋았겠네."

산방산에서는 또 손을 다치기 싫어 전처럼 차에 남아 있었다. 그 대신 엄마에게는 감정을 다스리라고 충고했다. 잘못하면 사고 나서 모두 죽는다고 말해 주니 엄마는 고개를 끄덕였다.

초연에게는 엄마 아빠한테 함부로 나대지 말라고 으름장을 놓았다. 엄마와 달리 초연은 내게 욕을 싸지르고 갔다.

나는 형우와 휴대폰으로 게임 대결을 했다. 날짜는 여전히 12월 30일인데, 왠지 무척 오랜만에 하는 기분이다. 하루가 반복된다는 말을 듣고, 미친놈이라며 놀리던 형우는 지금 아무것도 모른다. 다시 잘 설명하면 이번엔 믿어 줄지도 모른다. 하지만 이 녀석을 설득해서 내가 얻는 게 뭘까. 어차피 말짱 도루묵이 될 텐데.

소변이 마려워 게임을 중단하고 차 밖으로 나왔다. 그런데 화장실로 향하려다가 순간 안 좋은 기억이 떠올랐다. 나는 곧바로 접이식 우산을 꺼내 들었다. 그리고는 우산을 펼친 채로 걸었다.

툭.

역시나 우산 위로 뭔가가 떨어졌다. 하늘을 올려보니 기러기 떼가 V자 모양으로 날아가고 있었다. 내 우산에 묻은 하얀 새똥을 보니 실실 웃음이 났다. 이 녀석들아, 이번엔 막아 냈지롱!

화장실에서 걸어 나오는데 두루마기를 쓴 기념품 할머니가 오늘도 있었다. 이미 한 번 마주쳤었다. 여전히 손님 하나 없는 주차장 구석에 자잘한 물건들을 진열해 놓았다. 바람이 불 때마다 바닥에 깔린 기념품이 처량 맞게 흔들리고 있었다. 저걸 사는 사람이 있긴 할까. 나는 옆을 지날 때 할머니를 흘끔 바라봤다. 하필 그때 눈을 마주쳤다. 그 순간 할머니가 날 보며 주름이 패도록 웃는 것이 아닌가! 나는 섬뜩한 느낌에 차까지 도망치듯 뛰어왔다. 볼수록 이상한 할머니다.

한참 뒤 가족들이 돌아왔다. 나는 눈치를 살폈다. 다행히 엄마 표정이 괜찮았다. 대신 초연의 얼굴이 조금 어두워 보였다. 얘는 또 이린다. 지금 내 관심사는 엄마다. 초연이 저러건 말건 내 알 바 아니다.

이 시간의 하늘은 매번 뭐라도 쏟아질 듯 꾸물거렸다.

눈발이 굵어진 탓에 우리는 저녁을 먹다 말고 일어났다. 도로엔 벌써 눈이 쌓였고 시야도 좋지 않았기에 아빠는 조심조심 운전했다. 나는 초연을 조수석으로 보내고 뒷좌석의 엄마 옆에 앉았다. 그러고는 귓속말로 경고했다.

"여기서 아빠한테 한마디도 하지 마."

이미 교통사고 이야기를 해 두었기에 엄마는 내 말에 잔뜩 긴장하는 모습이었다. 오늘 일어날 일을 내가 여러 번 적중한 뒤로, 내 말이라면 철석같이 믿었다.

항상 사고 났던 커브 구간의 맞은편에서 SUV 차량이 달려올 때 나는 침을 꿀꺽 삼켰다. 이번에는 상대 차가 옆으로 쌩 스치듯 지나갔다. 별 탈 없이 넘어간 것이다. 가족들은 아무것도 모르는데, 나 혼자 안도의 한숨을 쉬었다.

무사히 도착한 호텔은 건물 외관부터 1층 로비까지 모든 풍경이 어제와 같았다. 우리 가족은 엘리베이터에서 말이 없었다. 분위기가 서먹서먹했다.

뭔가 계기가 필요했다. 나는 엘리베이터의 벽에 붙은 전단지를 보며 제안했다.

"치킨 시켜 먹자. 저녁 조금밖에 못 먹었잖아."

"별로 생각 없는데."

초연이 퉁명스레 대답했다. 입맛이 아예 떨어진 표정이었다. 아빠도 미적지근하기는 마찬가지였다. 나는 원맨쇼가 되는 걸 막기 위해 엄마를 끌어들였다.

"엄마, 같이 가자. 여긴 1층 로비까지만 배달된대."

엄마도 처음에 거절하려 했다가, 이내 표정을 바꾸었다. 내가 의미심장한 눈짓을 했기 때문이다. 엄마는 말을 더듬었다.

"아……, 알았어. 옷 좀 갈아입고."

나는 객실에 짐을 푼 다음, 얇은 점퍼로 바꿔 입고 다시 내려왔다. 넓은 1층 로비 창가엔 투숙객이 이야기 나누며 쉴 수 있도록 테이블과 의자가 놓여 있었다. 로비는 텅 비어 있었다. 창밖의 밤하늘은 지금도 눈이 휘날려 어두운 잿빛을 띠었다. 진지한 얘기를 나누기에 더없는 풍경이었다. 나는 조용히 심호흡을 했다.

옆쪽 벽에 전시된 그림을 바라보았다. 밀레와 고흐의 작품도 있지만, 가장 눈길을 끈 건 이름도 모르는 어떤 화가의 착시 그림이었다.

소년이 나무에 올라가 먼 곳을 보는데, 망망대해가 장엄히 펼쳐져 있었다. 그런데 나무의 밑쪽을 보니 여러 사람이 모두 파란 우산을 들고 서 있지 않은가. 소년이 넓은 바다라 생각했던 물결은 사실 무수한 사람이 펼쳐 든 파란 우산들에 불과했다. 이걸 원근감을 이용해 그럴듯하게 표현하고 있었다.

"배달 아직 안 왔어?"

뒤쪽에서 엄마의 목소리가 들렸다. 엄마는 화장을 지운 얼굴에 머리를 질끈 묶고 나타났다. 세련되어 보이던 모습은 온데간데없고, 세월의 흔적이 무성한 중년의 아줌마가 있을 뿐이었다. 심지어 얼굴도 초췌해 보였다. 그 때문인지 목소리와 표정까지 어둡게 느껴졌다. 나는 가까운 테이블 의자를 빼며 말했다.

"여기 좀 앉아 봐."

엄마가 아무 말 없이 따라 앉았다. 이 순간만은 나를 철없는 어린애로 보지 않는 분위기였다. 나는 일부러 폼 잡듯 턱을 손에 괴고서 입을 열었다.

"엄마."

"응?"

"내가 미래를 볼 수 있는 거 알지? 이게 변한 뒤로."

붉은 운명석을 내밀었다. 엄마가 고개를 끄덕였다.

"알지. 낮에 얘기해 줬잖아."

십육 년 전에 운명석을 직접 구해 왔던 엄마는 유독 긴장했다. 내게 운명석이란 엄마와의 대화를 유리하게 해 줄 도구 그 이상도 이하도 아니었다. 나는 분위기를 몰아 이야기를 꺼냈다.

"내가 아주 심각한 미래를 봤거든."

"……심각한 미래?"

"난 이게 믿어지지 않아. 엄마가 설명해 주면 좋겠어."

"뭘 봤는데?"

나는 잠시 침묵을 지켰다. 아빠가 말해 준 사실 중에 무엇부터 말해야 할지 고민이 되어서였다. 엄마는 의자를 바짝 끌어당겨 나한테 몸을 기울였다. 내 말을 한마디도 놓치지 않겠다는 듯이.

"둘이 헤어져서 따로 살고 있던데."

말이 끝나기가 무섭게 엄마의 눈이 동그랗게 떠졌다. 아마 컵이라도 들고 있으면 놓쳐서 깨뜨렸을 것이다.

"어떻게 그걸……."

"말했잖아. 미래가 보인다고."

"그게 언제인데?"

"여행 다녀온 직후."

어제 아빠에게 직접 들었던 이야기를 신통한 능력이라도 발휘하는 것처럼 말했다. 엄마는 멍하니 혼자 중얼거렸다.

"정말 그렇게 되나 보네."

생각보다 당황스러워하는 눈치였다. 사실을 알긴 아는데, 뭔가 자기 뜻이 아니라는 말투. 나는 더욱 단도직입적으로 말했다.

"벌써 이혼한 것 같던데? 그것도 오래전에."

엄마는 말을 잇지 못했다. 이젠 더 놀라기도 힘들 거다. 나는 다시 눈치를 살폈다.

"이 사태를 어떻게 생각하는지 말해 줘."

그런데 내 말이 끝나기도 전에 엄마의 눈에 눈물이 몽글몽글 맺히는 것이 아닌가. 엄마는 손에 얼굴을 묻고 끅끅 울기 시작했다. 이전에 아빠와 차 안에서 다투다가 울었을 때와 비슷했다. 어른스러운 엄마는 온데간데없고, 마음이 무너진 송희원만 있었다. 나는 엄마가 진정할 때까지 기다려야 했다.

"그 인간이 끝까지 밀어붙였나 보네. 어휴, 진짜."

엄마의 첫마디였다. 아빠가 빚을 감당하려고 따로 떨어져 사는 걸 말하는 듯했다.

"우리한테 피해 안 주려고 그러는 거래."

엄마가 날 노려봤다. 아빠랑 다툴 때의 그 눈빛으로.

"넌 그 말을 믿니?"

머리를 한 대 맞은 기분이었다. 이건 또 무슨 소리인가? 반드시 확인해야 한다. 나는 미래를 본 것처럼 말했다.

"아빠가 내일 우리 다 불러 놓고 말하던데. 사업이 어려워져서 당분간은 떨어져 지내야 한다고."

"재환아."

엄마가 내 말을 잘라먹었다. 젖은 목소리엔 울화가 담겨 있었다. 감정이 격해진 엄마는 오장육부를 쥐어짜 내듯 말했다.

"네가 본 미래에서 아빠가 그 얘기 할 때, 엄마는 가만히 있었니?"

실제로 미래를 본 게 아니었기에 대답할 수 없었다. 잠깐 사이에 나는 고민했다. 그냥 못 봤다고 말할까, 아니면 본 것처럼 아는 척을 할까. 그런데 엄마 눈을 보니 허튼소리했다간 큰일날 것 같았다. 나는 적당히 둘러댔다.

"그건 못 봤어. 미래가 다 보이는 게 아니라서."

엄마가 입술을 꽉 물었다. 마치 뭔가 각오한 사람처럼.

"아빠가 그렇게 나오면, 내가 무슨 말을 하려고 했는지 알려 줄까?"

엄마의 눈가가 다시 촉촉이 젖어 들었다. 목소리에는 분노가, 얼굴빛에는 슬픔이 서려 있었다. 심각한 분위기 때문에 고개를 끄덕이는 동작조차 조심스러웠다.

"초연이한테는 말하지 마. 충격이 클 테니까."

대체 무엇이기에 저럴까. 십 초쯤 정적이 흘렀는데 십 분은 지난 것 같은 기분이었다. 나는 엄마가 얼른 말하길 기다렸다. 엄마는 조용히 눈을 내리깔았다.

"나, 얼마 전에 암 진단받았어. 위암 말기래."

모든 언어를 잊은 듯 아무 말도 할 수 없었다. 교통사고 때보다 몇 배 더한 충격이 머리를 강타했다. 진실 한마디가 물리적인 충격보다 더 치명적일 수도 있다. 지금 상황이 그랬다.

테이블, 아니 로비 전체에 정적이 흘렀다. 생각의 퍼즐이 흐트러져 혼란스러웠다. 어제 아빠의 이야기도 겨우 소화했거늘, 이건 또 무슨 소리란 말인가.

"지난달까지도 속 쓰리고 가끔 토할 때면 그냥 늘 달고 사는 위염인 줄 알았어. 그런데 수술에 항암 치료까지 받아도 어떻게 될지 모른다더라. 엄마, 하던 일도 모두 중단해야 해. 다음 달에 수술 날짜 잡혔거든."

나는 숨소리조차도 낼 수 없었다. 엄마가 병을 앓고 있다니. 그것도 위암이라니. 엄마는 눈물이 그렁그렁한 채 말했다.

"네 아빠가 이 얘기를 들으면 어떻게 반응할지 궁금했는데. 그래도 혼자 산다고 우길지, 아닐지. 그런데도 이 인간이 결국……."

엄마는 테이블에 엎드려 울음을 터뜨렸다. 엄마의 체면이고 뭐고 다 내려놓은 듯 엉엉 울었다. 나는 그 모습을 보면서 미안함을 느꼈다. 아무것도 모르면서 아빠가 따로 떨어져 살더라는 거짓말을 했기 때문이다.

"울지 마."

내가 무얼 말해도 진정이 안 될 거라는 사실을 알고 있다. 위암

말기에 남편과도 떨어지게 됐다고 여기는 엄마에게 무슨 위로가
통한단 말인가.

"저기, 치킨 시키셨어요?"

그때 온몸이 눈으로 덮인 배달원이 봉투를 들고 나타났다. 젠
장. 내 인생 최악의 치킨 타이밍이다. 나는 정신없이 지폐를 꺼내
주고 치킨과 거스름돈을 건네받았다. 엄마는 그사이 흠뻑 젖은
얼굴을 씻기 위해 화장실에 다녀왔다.

객실로 돌아가는 엘리베이터의 공기가 무거워 나는 아무 말이
나 지껄였다.

"치킨……, 같이 먹을래?"

"됐어. 엄마는 속 안 좋아서 그런 거 못 먹어."

입버릇처럼 다이어트한다고 했던 게 사실은 병 때문이었다니.
결국 나는 그대로 엄마를 보냈다. 엄마의 뒷모습은 컴컴한 복도
보다도 어두워 보였다.

치킨을 들고 객실로 향했다. 할 수 없이 이건 아빠와 먹어야 한
다. 치킨 먹고 나서 엄마의 위암 소식을 알려 줄 것이다. 아빠도
알 건 알아야 하니까.

객실 앞에 우뚝 멈춰 섰다. 들어가면 무슨 말부터 할까. 그냥 아
무 일 없는 것처럼 행동해야 하나? 아니면 치킨을 가져왔다고 호
들갑을 떨어야 하나?

바로 그때, 문 안쪽에서 아빠의 목소리가 새어 나왔다.

"어쩔 수 없이 온 거야. 추워서 볼 거 없던데."

방음이 안 되어 통화 소리가 선명히 들렸다. 아빠가 지금 누구랑 통화하는 건지 모르겠다. 나는 숨죽인 채 문 앞에서 귀를 기울여 보았다.

"아니야. 여름에 왔을 때가 더 좋았지. 에이, 너무 속상해하지 마. 나중에 더 멋진 곳으로 가자고."

상대방을 달래는 듯하면서도 부드러운 목소리였다. 게다가 우리한테는 한 번도 들려준 적 없는 웃음소리까지 흘러나왔다. 그 웃음에 머리가 띵했다.

엄마인가? 분위기를 보면 아닌 것 같은데. 여름 이야기를 나누는 것도 그렇고……. 엿들을수록 혼란스럽기만 했다.

나는 치킨 봉지를 든 채로 조용히 걸음을 옮겼다. 아빠는 여전히 통화 중이었다. 잠시 후에 엄마의 객실 문 앞에 도착해 멈춰 섰다. 아빠가 지금 엄마랑 통화 중인지 알아보기 위해서였다.

"……."

엄마는 통화하고 있지 않았다. 가만히 있는 내가 바보 같을 만큼 엄마의 객실은 조용했다. 복도에 진열된 조각품들이 나를 빤히 바라보고 있었다.

방금까지 엄마의 위암 소식을 받아들이는 것만으로도 버거웠는데. 이건 또 무슨 상황이란 말인가.

판단이 서지 않았다. 당장 뛰어가서 아빠 객실의 문을 난폭하게 두드려야 할지, 아무것도 못 들은 척 조용히 들어가야 할지. 지금 이런 걸 고민하는 자체가 너무나 머저리 같았다.

"아악! 도와주세요!"

그때, 객실에서 찢어질 듯한 비명이 흘러나왔다. 다름 아닌 엄마였다. 엄마가 계속 소리 지르는데 정확히 무슨 말인지 알아들을 수 없었다. 뭔가 긴박한 상황인 것은 분명했다.

덜컹! 덜컹!

엄마 객실의 문이 열리지 않았다. 힘을 주어 문고리를 잡아 돌려도 소용없었다. 나는 미친 듯이 문을 두드렸다.

그런데 갑자기 머리가 핑 돌았다. 눈앞이 한 번 크게 출렁댔다. 정신적인 충격으로 찾아온 현기증인가 싶었다. 귀가 멍해지고 눈앞이 깜깜해지더니 아무것도 분간할 수 없었다. 나는 아득한 정신 속에서도 쓰러지지 않기 위해 뭐라도 붙잡으려 했다. 하지만 허공만 휘저을 뿐 손에 잡히는 건 아무것도 없었다.

이윽고 몸의 모든 감각이 사라졌다.

운명석의 균열

정신이 들었을 땐 다시 비행기 안이었다. 또 같은 날의 시작이었다. 어째서 시간이 되돌아갔는지 알 수 없었다.

"야, 내 말 씹냐?"

손에 피가 묻고 콧구멍이 휴지로 막힌 내게 초연이 쏘아붙였다. 이제는 하도 반복되다 보니 이 상황이 장난 같아 보일 지경이었다. 감정이 폭발하기 직전인 나에게 초연은 그저 방해물일 뿐이었다.

"내 말 씹냐고."

계속되는 잔소리에 나는 살기 어린 미소를 지었다.

"강초연, 말 걸지 마. 죽여 버리기 전에."

초연이 움찔했다. 그러고는 이내 "미친놈이 뭐라는 거야" 하며 분노를 표출했다. 내가 담판 지어야 할 사람은 따로 있다. 초연까지 신경 쓸 여유가 없다.

나는 하루 종일 기다릴 생각 따윈 없었다. 비행기에서 내리자 마자 수하물을 찾는 줄에 섰을 때 아빠의 뒷모습을 노려봤다. 눈에서 불이 이는 것 같았다.

손에 묻은 피도 비행기 모드인 휴대폰도 관심 밖이었다. 난 오로지 어떻게 해야 아빠가 모든 걸 실토하게 만들지 생각했다.

그때, 가족들의 휴대폰에서 동일한 경보음이 울렸다. 늘 오던 재난 문자인 듯했다. 아빠가 우리를 안심시키듯 말했다.

"한라산에만 눈 내리고 해안가는 비 올 거야. 제주도는 항상 그래. 저녁 먹고 일찍 숙소에 들어가야겠네."

어떻게든 이 여행을 지속하려고 애쓰는 아빠가 괘씸했다. 그러고는 내일 우리에게 따로 떨어져 살자고 할 게 아닌가. 진실을 숨긴 채 말이다. 가족들이 캐리어를 끄는 모습이 안쓰러워 보였다. 나는 이 상황을 방치할 수 없었다.

"아빠."

이를 꽉 문 내 목소리에 가족들이 모두 돌아보았다. 나는 소리쳐 물었다.

"이게 최선이야?"

아빠는 갑작스러운 도발에도 표정이 변하지 않았다.

"무슨 소리냐?"

나는 모든 분노를 담아 소리쳤다.

"지금 여행이나 다닐 때냐고! 딴 여자 생긴 거 아니야?"

찬물을 끼얹은 듯 주변이 조용해졌다. 지나가는 사람들이 우릴 쳐다보고 있었다. 초연의 얼굴이 완전히 굳어 버렸다. 아빠 목소리는 여전히 냉정했다.

"이 녀석 보게. 뭔 헛소리야?"

나는 그 순간 엄마를 바라봤다. 엄마라면 이 말을 듣고 가만히 있지 않을 것이다. 진실을 밝히는 지금, 적어도 엄마만은 내 편을 들어주지 않을까?

그런데 엄마가 내 시선을 외면하고 있었다. 자기는 아무 상관 없다는 듯이.

뭔가 이상했다. 내가 아무리 철없는 아들이어도, 사실을 폭로하면 같이 목소리를 내 줘야 하지 않나. 반응이 왜 이런지 모르겠다. 그때 아빠가 꾸짖었다.

"강재환, 장난칠 게 따로 있지, 뭐 하는 짓이야!"

뭔가 억울했다. 나는 엄마의 소매를 붙잡으며 물었다.

"엄마, 뭐라고 말 좀 해 봐."

"……."

"엄마도 뭔가 짐작했지? 그치?"

엄마가 내 손을 확 뿌리쳤다.

"사람 많은 데서 뭐 하는 거야, 진짜!"

그때 나는 엄마의 표정을 보고야 말았다. 금방이라도 울어 버릴 듯한 얼굴. 엄마는 알고 있었다. 그런데 말하지 않은 것이었다.

초연이 날 경멸하듯 바라보고 있었다. 아빠의 화가 난 표정, 엄마의 민망해하는 눈빛까지 모든 게 엉망이었다. 여기서 더 따져도 얻을 게 아무것도 없어 보였다. 저절로 욕이 튀어나왔다.

"강재환! 어디 가!"

나는 캐리어도 버려둔 채 무작정 달렸다. 오늘 하루는 망했다. 이 상태로 가족과 여행이라니 말도 안 된다. 아무도 찾을 수 없는 곳에 숨어 버릴 것이다. 피시방이든 만화방이든 상관없다. 그냥 이 세상에서 사라지고 싶었다.

*

"승객 여러분, 제주공항에 오신 것을 환영합니다. 현지 시각은 열두 시, 기온은 섭씨 5도입니다. 비행기가 아직 이동 중이오니……."

이상한 일이었다. 도망친 지 한 시간도 지나지 않아 다시 비행기로 돌아와 버린 것이다. 옆에서 초연이 쏘아붙이는 말투마저 얼떨떨했다. 나는 그저 공항 어딘가에 숨어 있었을 뿐인데! 시간의 흐름이 불규칙해진 게 왠지 불안했다.

게다가 알 수 없는 두통이 찾아왔다. 정수리 오른쪽이 바늘로 쿡쿡 찌르는 듯 점점 욱신거렸다. 예전 교통사고 때 충격과는 전혀 상관없는 곳이었다.

이번엔 방법을 바꿔야 했다. 함부로 분위기를 험악하게 해서는 안 될 것 같았다. 나는 은밀한 곳에서 아빠와 일대일 대화를 시도하기로 마음먹었다.

마침 해물라면집에서 기회가 찾아왔다. 아빠는 주문한 음식이 나오기 전에 항상 담배를 피우러 나간다. 나는 이 틈을 놓치지 않고 따라 나갔다. 아빠는 건물 뒤쪽의 슬레이트 지붕 밑에서 주변 경치를 바라보고 있었다.

"아빠."

"응?"

내가 나타나도 아빠는 놀라지 않는 기색이었다. 지난번처럼 감정을 폭발시키지 않기로 마음먹고 본론을 꺼냈다.

"나, 아빠 비밀 다 알아."

"무슨 비밀?"

무표정하게 연기를 훅 내뿜는 것이 별로 대수롭지 않게 여기는 모양새였다.

"요즘 우울증 약 먹지?"

"그걸 어떻게……."

"회사도 망하기 일보 직전이지?"

"재환아, 잠깐."

처음엔 놀라는 듯했던 아빠가 갑자기 말을 끊었다. 그러고는 인상을 쓰며 담배를 뻑뻑 빨아들이더니 연기와 함께 한마디를 뱉었다.

"엄마가 말해 줬어?"

"······아니."

"아니긴 뭘 아니야. 진짜, 할 얘기가 따로 있지."

애먼 엄마만 나쁜 사람으로 몰리고 있었다. 이거 전부 아빠가 얘기한 거잖아! 나는 이렇게 따지고 싶었지만, 결코 입 밖으로 낼 수 없었다.

"그래서 하고 싶은 말이 뭔데?"

어느새 주도권이 아빠한테 넘어가고 말았다. 이제 아빠가 모든 걸 실토하게 만들어야 하는데. 수세에 몰린 나는 결국 우물쭈물하고 말았다.

"아빠 요즘 딴 여자 만나는 것 같던데······."

순간 흠칫 놀라는 표정이 아빠 얼굴에 스쳐 지나갔다. 하지만 곧장 담배를 마구 비벼 끄는 발짓에 방금 기색은 찾을 수 없었다. 아빠가 다짜고짜 물었다.

"엄마가 그러디?"

"아니. 엄만 아직 몰라."

"그럼 초연이야?"

"걘 당연히 아니지."

"그럼 대체 누구한테 들은 건데?"

"말할 수 없어. 분명한 건, 이게 사실이라는 거지."

아빠가 픽 웃었다. 그러고는 내게 다가오며 말했다.

"재환아, 평소에 버릇없었어도 이 정돈 아니었잖아."

"나도 아빠한테 실망이야."

"지금 오해한 거야. 무슨 증거로 이러는 거냐?"

순간 할 말이 없어졌다. 증거라. 나한테 그런 게 있었던가? 어처구니없게도 내가 그 통화를 들은 건, 지금 시점으로 오늘 밤이었다. 아직 일어나지도 않은 일을 증거로 내세울 순 없었다. 결국 아무 말 못 했더니 아빠가 한숨을 쉬었다.

"안 그래도 힘든 마당에 여행까지 데려왔건만."

"……."

"이런 걸로 트집 잡으면 기분 좋아?"

하, 진짜. 또 멀리 도망가 버릴 수도 없고. 나는 아빠의 싸늘한 눈빛을 외면해야 했다. 솔직히 이제는 뭐가 뭔지 헷갈리기 시작했다.

"미안. 내가 잘못 알았나 봐."

그 뒤의 시간은 지옥이나 다름없었다. 차에서도 협재 해변에서도 서먹해진 아빠의 눈치를 살펴야 했다. 경치고 뭐고 아무것도 눈에 들어오지 않았다. 두통도 갈수록 심해지고 있었다. 오로지 하루가 빨리 끝났으면 하는 바람밖에 없었다.

한림 공원에 도착했을 때, 내가 먼저 제안했다.

"알아서들 구경하셔. 난 엄마랑 저쪽에 가 볼게."

나는 반강제로 엄마의 팔을 잡아끌었다. 엄마는 영문을 모르겠다는 얼굴로 질질 끌려왔다. 아빠와 초연도 어리둥절한 표정으로 바라볼 뿐이었다.

관람 순서를 무시하고 곧장 연못 정원으로 왔다. 도착하기 전부터 엄마가 나한테 왜 그러느냐고 자꾸 물었다. 나는 일단 벤치에 앉으라고 손짓했다.

"엄마, 내가 자세히 설명을 못 해서 미안한데, 엄마한테 다 들었어."

"나한테? 뭘?"

"아빠와 이혼한 거랑, 엄마가 위암 걸린 것까지."

하나씩 말할 때마다 엄마의 눈이 점점 커졌다.

"그걸 나한테 들었다고? 언제?"

아, 다시 설명하려니 지친다. 나는 곧바로 운명석이 박힌 팔찌를 보여 주었다.

"이게 붉게 변한 뒤로 나한테 미래가 보여. 왜 그러냐고 묻지 마. 나도 모르니까. 지금 시간이 없어."

엄마는 내 팔찌를 뚫어지게 쳐다보며 고개를 끄덕였다. 이 상황이 대체 무엇인지 이해할 수 없다는 표정이었다. 나는 엄마에게 다그치듯 물었다.

"아빠 다른 여자 있는 거 엄마도 알고 있었지?"

엄마는 대답하기를 망설이고 있었다. 분명 나를 믿을 수 없어 경계하는 것이었다. 조금 있으면 아빠와 초연이 올 텐데 답답했다. 나는 더욱 몰아붙였다.

"솔직히 말해 줘. 안 그러면 또 오리발 내민다고."

순간 엄마의 표정이 변했다.

"뭐? 네 아빠한테 말했어?"

엄마의 반응을 보고 나서야 나는 방금 실수했다는 걸 깨달았다.

"벌써 말했냐고!"

"……어. 발뺌하던데."

엄마가 자기 가슴을 팍팍 쳤다.

"못 살아, 진짜. 그걸 말하면 어떡해!"

진실을 숨기는 엄마의 태도가 이해되지 않았다. 그리고 마음에 들지도 않았다.

"왜 안 되는데? 사실이잖아."

"재환아."

엄마가 날 똑바로 바라봤다. 나는 오랜만에 압도되었다.

"엄마 말 잘 들어. 아빠한테 따져 봐야 손해야. 엄마 아빠는 지금 서류상 남이라, 소송하기도 어려워. 그게 지금 엄마 현실이라고."

"그럼 왜 아빠랑 같이 여행 왔어? 이런 걸 알면서."

엄마의 얼굴엔 고통이 가득했다.

"나도 괴로워. 네 아빠가 빚쟁이들 몰려오기 전에 이혼하자고 했을 때 생각 없이 도장 찍은 뒤부터. 정말 바보짓이었어."

회한이 서린 목소리에 나는 아무 말도 할 수 없었다.

"시간 지나면, 너랑 초연이에게도 말해 주려고 했어. 알 건 알아야 하니까. 하지만 적어도 이번 여행에서는 아니었어."

눈물을 글썽이는 엄마를 보니 더는 물을 수 없었다. 방금까지 몰아붙였던 행동이 민망해지기 시작했다.

"미안. 나랑 한 얘기 모두 없던 걸로 해 줘."

그러고는 속으로 되뇌었다.

'어차피 오늘이 지나면 전부 잊을 테니까.'

젠장. 없던 걸로 할 수 있을 리 없었다. 산방산에 오기까지 차 안 분위기가 완전히 엉망이었다. 서먹하다 못해 얼음장이었다. 초연도 뭔가 굉장히 못마땅한 표정이었다. 하루가 점점 더 망가지고 있었다. 머리도 깨질 듯이 아팠다.

"병원 가야 하는 거 아니야?"

내가 손사래를 쳤더니, 엄마가 타이레놀 한 알을 건넸다. 먹고 쉬라는 뜻이었다. 그리고 셋은 해안가 마을로 향했다. 혼자 남겨진 상황이 처음으로 서글펐다.

오늘이 여섯 번째. 12월 3X일에 갇힌 지 6일째 되는 날이었다. 처음엔 멋모르고 헤맸다. 그러다 아빠 얘기를 들었고, 안타까워했다. 그런데 엄마의 현실을 알았을 땐 뒤통수를 맞은 듯했다. 그 뒤로 진실을 밝히려다 이 꼴이 되고 말았다.

"하아, 진실이 나랑 밀당을 하네."

온갖 궁리를 해도 오늘을 탈출할 뾰족한 수가 떠오르지 않는다. 초연이라면 이 상황에서 방법을 생각해 낼 수 있을까. 재수는 없지만, 나보다 똑똑하니 도움이 될지 모른다. 초연에게 사실을 말해 볼까?

에이, 아니다. 걔랑 엮이면 짜증만 날 것이다.

두통을 가라앉히려고 먼 곳을 바라보았다. 하늘이 꾸물거리고 바람도 강하게 불어 차창이 웅웅 소리를 냈다. 놀이기구를 타는 사람들이 추워 보였다. 저 멀리에는 푸른 바다가 펼쳐져 있다. 순간 호텔에서 봤던 착시 그림이 떠올랐다. 설마, 저것도 가짜 아니겠지? 당연하다고 믿었던 것들이 배신하는 요즘, 모든 게 허상처럼 보인다.

한참 지나 옆을 봤을 때, 무언가가 내 눈을 사로잡았다. 주차장 구석에 기념품을 진열해 놓은 할머니였다. 잿빛 두루마기를 뒤집어쓴 모습이 주변 풍경보다 도드라져 보였다. 내가 지금껏 마주친 사람 중에 유일하게 피했던 사람이었다. 나는 물건이나 구경해 볼까 싶어 지갑을 챙겼다.

차에서 내려 보니 관광객이 아무도 없었다. 자동차가 이렇게 많은데 사람이 하나도 없는 게 말이 되나? 나는 위화감을 느끼며

걸어갔다. 그런데,

툭.

머리로 무언가가 떨어졌다. 하늘을 보니 기러기 떼가 V자 모양으로 날고 있었다. 어우씨, 또 당했네! 곧장 화장실로 갈까 했지만 이미 할머니와 눈을 마주친 뒤였다. 할머니가 빙긋 웃으며 내게 물수건을 내밀었다. 나는 주뼛거리며 그걸 건네받았다. 정신없이 닦아 내고 있는데 할머니가 비로소 입을 열었다.

"이제야 올 마음이 들었구먼."

나긋하면서도 가슴에 깊게 파고드는 목소리였다. 게다가 날 알고 있는 말투였다. 두루마기 속 할머니의 얼굴은 생각보다 주름이 자글자글했고 검버섯까지 가득했다.

"할머니, 저 본 적 있어요?"

묵주인지 염주인지 알 수 없는 구슬을 손으로 매만지며 할머니가 대답했다.

"아니. 하지만 네가 올 줄은 알고 있었지."

말 한마디 한마디가 수수께끼 같았다. 실실 웃는 모습 때문에 살짝 불쾌감이 느껴졌다. 이제 나만 모르는 진실 따위 사절이다.

"왜 웃어요?"

할머니는 내 말을 듣고도 더욱 낄낄 웃었다. 나는 점점 부아가 치밀었다.

"뭐예요. 지금 약 올려요?"

"고놈 참 당차게 컸구먼. 그 팔찌 좀 이리 줘 보게나."

오른손에 걸린 운명석을 정확히 가리키고 있었다. 나는 이 할머니가 믿을 수 있는 사람인지 의심스러워 뒤로 한 걸음 물러섰다. 할머니가 역정을 부렸다.

"인석아, 누가 훔쳐 간다던? 상태가 어떤지 봐 주려는 게야."

나는 마지못해 팔찌를 풀어 할머니의 쭈글쭈글한 손으로 건네주었다. 할머니는 잠깐 이리저리 살피더니, 허락도 받지 않고 팔찌에서 운명석을 쏙 빼냈다.

"할머니!"

내가 소리쳐도 할머니는 운명석만 자세히 살필 뿐 꿈쩍도 하지 않았다.

"얘, 무슨 소원을 빌었기에 이게 이리도 빨갛게 변했니?"

"네? 소원이라니요?"

할머니는 정말로 내가 모르는 말만 하고 있었다. 그냥 비행기에서 팔찌에 코피가 묻었을 뿐이고, 어느 순간에 운명석이 갑자기 붉게 변했을 뿐이었다.

"그 운명석에 숨겨진 기능이라도 있어요?"

"……운명석?"

할머니는 '운명석'이라는 말이 뭔지 모르는 눈치였다.

"우리 엄마가 그렇게 부르던데요."

"음, 뭐 그리 불러도 상관없겠지. 나머지 반쪽도 색이 변했나?"

나는 나머지 반쪽이라는 말을 이해하지 못해 고개를 갸우뚱거렸다.

"이거랑 똑같은 돌이 하나 더 있을 거 아니야."

뒤늦게 초연의 목걸이에 박혀 있는 운명석이 나머지 반쪽이라는 걸 알아차렸다.

"글쎄……. 걔 것은 안 변했을걸요."

할머니는 처음으로 진지하게 고개를 끄덕였다. 그러고는 낮은 목소리를 냈다.

"요즘 이 돌이 서로 충돌하고 있어. 원래 둘은 하나였거든."

이렇게 얘기하니 정말로 신통한 사람 같았다. 초연과 내가 쌍둥이라는 것과, 매번 다투는 것까지 간파하다니.

"걔랑 싸우긴 해도, 운명석끼리 맞부딪친 적은 없는데요."

"그런 뜻이 아니야. 서로 소원이 엇갈렸다는 소리야."

"무슨 소리예요? 전 소원 빈 적 없다니까요."

"뭔가를 간절히 원하면서 여기에 피를 묻히지 않았나?"

"그게……."

반박하고 싶었지만, 피를 묻혔다는 건 사실이라 아무 말도 할 수 없었다. 정말 내가 무슨 소원을 빌기라도 했던가? 아무리 기억을 더듬어도 생각이 나지 않았다. 할머니가 갑자기 나에게 손짓했다. 가까이 오라는 뜻이었다. 내가 바짝 다가갔더니 할머니가 운명석의 반대쪽을 보여 주며 말했다.

"잘 보거라. 이쪽에 금이 간 게 보이지? 이게 충돌하고 있다는 증거야."

팔찌와 맞붙어 보이지 않던 쪽에 망치로 두드린 것 같은 균열이 두 군데나 있었다. 좀 더 충격을 가하면 깨질 듯이 위태위태해 보였다.

"요즘 어디 아픈 곳은 없고?"

순간 뜨끔했다. 하루 종일 두통에 시달렸기 때문이다. 하지만 할머니가 무슨 뜻으로 묻는지 알 수 없어 대답하지 않았다. 할머니는 멍하니 허공을 응시했다.

"이제 얼마 남지 않았구나. 점점 더 균열이 심해질 게야."

"그럼 전 어떡해요?"

나는 진심으로 걱정되어 물었다. 풀려 있던 할머니의 눈동자가 다시 또렷해졌다.

"아무래도 죽어야 살겠군."

"네?"

할머니가 운명석을 내게 돌려주며 말했다.

"지금 이 시간을 꼭 붙들어야 하네. 이제 식구들이 올 테니 얼른 가 보게나."

그러더니 두루마기를 푹 뒤집어쓰고는 아무 말도 하지 않았다. 처음부터 끝까지 수수께끼 같은 말만 하는 할머니였다. 정말로 더 이상 말을 붙일 분위기가 아니어서 나는 인사도 제대로 못 하고 터덜터덜 차에 돌아왔다.

몇 분 지나지 않아 정말로 가족들이 나타났다. 그런데 초연의 얼굴이 또 눈물로 젖어 있었다. 분명 엄마 아빠한테 무슨 말을 했다가 저렇게 됐을 것이다. 분위기가 말할 수 없이 냉담했다. 공기마저 얼어붙는 듯했다. 나는 무심코 기념품 할머니가 있던 자리를 돌아보았다. 그런데……,

할머니는 어느새 사라지고 없었다.

담판

저녁 시간의 식당은 늘 똑같은 사람으로 붐볐다. 음식이 푸짐하게 차려진 상 앞에서 나는 한 술도 뜨지 않았다. 먹음직한 흑돼지볶음과 옥돔구이를 쳐다보지도 않았다. 뒤늦게 해물탕과 갈치조림이 나와도 마찬가지였다. 아까부터 정말로 배가 고팠지만, 나는 그저 눈을 내리깔고서 입술을 앙다물고 있었다.

"왜 안 먹어?"

아빠가 물었지만 나는 힘없이 고개만 저었다. 엄마가 돼지고기를 넣어서 싸 준 쌈도 거절했다. 엄마도 그런 나를 의아하게 바라봤다.

"갑자기 왜 그래?"

초연도 내 눈치를 보고 있었다. 나는 가족들이 더욱 내 눈치를 보길 바랐다. 사실 일부러 비장한 분위기를 뿜어내는 중이었기 때문이다. 일단은 가족의 냉담한 공기를 바꾸는 것까진 성공했다.

기념품 할머니와 말을 나눈 뒤부터 마음이 급해졌다. 나더러 얼마 안 남았다고 하지 않았던가. 두통까지 심해진 마당에 흘려들을 수 없는 말이었다. 오늘은 원래 포기하려 했는데, 이대로 의미 없이 버려선 안 될 것 같았다.

내가 무사히 오늘을 탈출한다고 해도 진실을 다 알아 버린 지금이라면 전혀 행복하지 않을 것이다. 기다리고 있는 미래의 현실은 시궁창 아닌가. 생각만 해도 숨이 막힌다. 나는 가족들이 모든 걸 터놓고 얘기하게 만들고 싶었다. 그래야 내 마음도 편해질 것 같았다. 지금은 그런 작전의 일환이었다.

"예상보다 눈이 빨리 오네요."

초연이 말했다. 아빠도 창밖을 바라보더니 착잡한 얼굴이 되었다. 항상 이 시간엔 눈이 펑펑 오는데 뭘 그리 놀라시는지. 엄마가 가방을 챙기며 말했다.

"얼른 가자. 눈 더 오면 움직이기 힘들어."

그 말에 아빠와 초연이 곧바로 일어나 외투를 걸쳤다. 결국 나는 음식을 하나도 못 먹은 채 자리에서 일어났다.

커다란 엘리베이터와 웅장한 1층 로비는 이제 집처럼 익숙해 보였다. 방 열쇠를 받은 우리 가족 네 명이 다시 엘리베이터를 탔다.

"이따 모두 모여서 얘기 좀 해."

피곤한지 내 말에 아무도 대답하지 않았다. 나는 그러거나 말 거나 선언했다.

"십 분 뒤에 엄마 방으로 갈게. 아빠랑 같이."

아빠가 나를 홱 돌아봤고, 엄마와 초연은 불편해하는 기색이었다. 하지만 누구도 딱 잘라 싫다고 하지는 않았다. 나는 이걸 가능성의 신호로 받아들였다.

땅.

우리 객실이 있는 8층에 도착했다.

"이따 봐."

뒤통수에 대고 인사해도 소용없었다. 엄마와 초연은 말없이 맞은편으로 사라졌다. 나는 아빠를 따라 우리 방으로 들어왔다.

문이 닫히자마자 아빠가 잔뜩 굳은 얼굴로 말했다.

"왜 쓸데없는 짓을 해?"

"내가 뭘?"

"분위기도 별론데 뭣하러 긁어 부스럼을 만들어."

원래의 나라면 아빠 말에 고개를 끄덕였을 것이다. 하지만 모든 진실을 알아 버린 지금은 순순히 따를 생각이 없었다.

"그럼 아빠가 내일 우리 불러 모아서 일방 선언하려고?"

"뭐?"

"맞잖아. 아빠 혼자 따로 살 거잖아."

아빠는 정곡을 찔렸는지 헛기침을 한 번 했다.

"그 얘기도 엄마한테 들었어?"

"아니. 아빠가 말해 줬는데."

"뭔 소리야. 내가 언제?"

아빠가 고개를 갸우뚱하는 모습이 웃겼다. 나는 그런 아빠에게 말했다.

"일단 엄마 방에 가서 얘기해."

"내가 거길 왜 가."

다음 작전을 진행하려면 무슨 일이 있어도 아빠를 엄마 앞으로 데려가야 했다.

"그러지 말고 같이 가자."

"싫다니까!"

아빠 목소리가 커졌다. 나는 더욱 단호하게 나가야 했다.

"설명해 주지 않으면 아빠가 생각하는 내일은 없어."

"……."

"다들 벌써 아빠를 마음대로 오해하고 있다니까. 이대로 둘 거야?"

아빠는 그제야 내 말을 곱씹는 눈치였다. 캐리어를 놓고, 점퍼를 벗는 동안 아무 말 없었다. 그러고는 창문을 열고 담배를 한 대 피우더니 크게 한숨을 쉬었다.

"그래. 가자, 가!"

초연이 열어 줘서 들어간 엄마 방은 우리 객실보다 훨씬 환해 보였다. 초연은 이미 세수까지 마쳤는지 앞머리가 이마에 닿지 않도록 헤어밴드로 고정하고 있었다. 작년에 여드름이 이마를 테러한 뒤로 유지하고 있는 습관이었다.

마치 극단의 무용수 같다. 무거운 분위기 때문에 차마 웃진 못하고, 가라앉은 목소리로 물었다.

"엄마는?"

"아직 욕실. 화장 지우느라."

뭔가 은은한 로션 냄새가 난다. 난 방금까지 방에서 담배 연기만 맡다가 왔는데. 호텔 방을 차지한 지 얼마 되지 않았어도 가족마다 다른 향기가 난다는 사실이 신기했다. 가족들은 평소에 내게서 무슨 냄새를 맡을까.

초연은 털털한 모습과 달리 표정이 심각해 보였다. 그래도 나보단 아닐 것이다. 난 오늘을 몇 번째 반복하는 데다, 치명적인 진실까지 알아 버렸으니.

"벌써 왔어?"

엄마가 수건으로 얼굴을 문지르며 나타났다. 순간 아빠의 얼굴이 굳는 게 보였다. 엄마는 아무렇지 않은 척, 가방에서 로션을 꺼내 얼굴에 발랐다.

"방이 많이 건조하네."

다시 뚜껑 닫는 소리, 지퍼 채우는 소리가 적나라하게 들렸다.

엄마는 침대에 앉은 초연 옆에 비스듬히 걸터앉았다. 아빠는 원탁 옆 의자에 앉았고, 나만 어정쩡하게 서 있는 모양새가 되었다.

"쉬어야 하는데 모이자고 해서 미안."

반응을 살피니, 모두 나만 멀뚱멀뚱 바라보고 있다.

"내가 낮에 엄마 아빠한테 너무 오지랖 부렸지?"

또다시 침묵. 나는 이 경계심 가득한 분위기가 초연 때문이라고 생각했다.

"얘기하기 뭣하면, 쟤는 딴 방에 가 있으라고 할까?"

초연이 화가 난 듯 눈을 부릅떴다. 그러곤 대놓고 코웃음을 치며 비웃었다.

"웃기네. 너야말로 네 방에 있어야 하는 거 아냐? 넌 지금 이 상황이 얼마나 심각한지 알아?"

"어. 너보단 많이 알아."

내가 서슴없이 말했더니 초연은 가소롭다는 듯 눈썹을 찌푸렸다. 우리가 벌써부터 티격태격하자 엄마가 나섰다.

"둘 다 여기 있어. 재환이는 저기 앉지 그러니?"

아빠가 앉은 원탁 쪽을 가리켰지만 그냥 바닥에 앉았다. 대화가 끝날 때까지는 누구 옆에도 같이 앉기 싫었다. 엄마가 내게 화제를 넘겼다.

"모이자고 한 게 너잖아. 뭣 때문인지 얘기해 봐."

마치 내 입을 통해 아빠의 만행을 폭로해 주길 바라는 눈치였다. 초연도 내가 뭘 아는지 들어 보자는 표정이었다. 아빠는 내 시선을 일부러 외면했다.

"되게 어색하네. 정말 얘기해도 되는 거지?"

엄마가 고개를 끄덕였다. 나는 가족들을 다시 살펴보고 입을 열었다.

"일단 나부터 사과할게. 엄마를 곤란하게 한 거랑, 증거도 없으면서 아빠한테 딴 여자 있다고 한 거."

이 말에 초연의 안색이 변했다.

"자꾸 아빠 이상한 사람 만들래. 그 얘기를 왜 해?"

아빠의 목소리가 높아졌다. 초연을 의식한 말투였다. 초연은 아빠와 나를 번갈아 보며 왜 이런 얘기가 나왔는지 탐색 중이었다. 나는 손을 저었다.

"그런 뜻이 아니고, 서로 오해한 게 있으면 풀었으면 해서. 그래야 우리 가족이 같이 지내든 찢어지든 할 거 아냐."

이 말엔 초연이 동요하지 않았다. 아빠가 한숨을 쉬었다.

"다 내가 사업을 잘못한 죄지."

잠시 숙연해졌다. 그런데 엄마가 딴죽을 걸었다.

"그러셔? 정말 그것 말곤 떳떳해?"

"내가 떳떳하지 못할 게 뭐 있는데?"

적반하장 식 말투에 엄마가 헛웃음을 쳤다. 나는 엄마가 말한 떳떳함과 아빠가 말한 떳떳함에 차이가 있다는 것을 알아차렸다.

엄마가 비꼬듯 말했다.

"이혼하자고 한 게 당신이잖아. 법적으로 떳떳해지려고."

"몇 번을 말해. 가족한테 경제적 피해 안 주려고 서류상……."

"윤 비서."

엄마가 또박또박 말했다. 엄마 입에서 그 말이 나온 순간, 아빠는 굳어 버렸다.

"떳떳하면 여기 데려오지 그랬어!"

그 사람이 아빠가 따로 만나는 여자인 것 같았다. 초연은 이제 완전히 넋이 나간 표정이었다. 입술을 바르르 떠는 게 말도 안 나오는 듯했다. 엄마가 정확히 지목하자 분위기가 완전히 달라졌다. 아빠가 벌떡 일어섰다.

"당신 내 뒷조사까지 했어?"

"뒷조사는 무슨. 가만히 있어도 다 들리는데."

"……."

"올봄에 대학 후배인 거 알고 뽑았잖아. 내가 모를 줄 알았어?"

아빠도 할 말을 잃은 모양새였다. 엄마가 이 정도까지 알고 있었다니. 한 방 먹은 아빠는 이미 법적으로 이혼한 사실을 내세워 자신을 정당화할 줄 알았다. 침묵하는 아빠에게서 일촉즉발의 기운이 느껴졌다.

그런데 아빠는 전혀 다른 이야기를 꺼냈다.

"……내 우울증이 왜 시작됐는지 알아?"

초연이 고개를 번쩍 들었다. 이 사실도 모르는 모양이었다. 나는 아빠한테 직접 들은 적이 있기에 알은척했다.

"회사가 어려워서?"

"아니."

아빠는 예전에 한 말을 부인하고 있었다. 오로지 엄마를 꼿꼿이 바라볼 뿐이었다. 엄마는 왜 쳐다보느냐는 눈빛으로 응수했다. 아빠가 차분한 목소리로 물었다.

"예전에 내가 빚더미에 앉았을 때 뭐라고 했어?"

"……내가?"

엄마는 얼떨떨한 듯 자신을 가리키며 반문했다. 아빠는 엄마를 바라본 채로 미동도 하지 않았다. 엄마가 픽 웃었다.

"일 년도 더 된 일을 어떻게 기억해."

"그래? 기억 못 한다고?"

아빠의 목소리는 떨려 나왔다.

"나한테 사업할 그릇이 못 된다고 했어. 집 대출과 애들 교육은 어떻게 할 거냐고 신경질을 부렸고. 그리고……, 나랑 결혼한 걸 후회한다고 했어."

"투정 부린 거잖아! 그걸 마음에 담아 두면……."

"아니."

아빠 목소리엔 더욱 울분이 실렸다.

"그날 이후로 당신 태도가 변했어. 더는 날 믿을 수 없는 사람이라는 듯이. 내가 얘기 좀 하려고 하면 회피했어. 당신이 그러니까 애들마저 나한테 거리를 두던걸."

금시초문이다. 내가 거리를 두었던 건 가족들이 나를 싫어한다고 생각해서였는데.

"아빠가 맨날 늦게 들어왔잖아요. 언제 대화할 틈이나 있었어요?"

침묵만 지키던 초연이 결국 입을 열었다. 벌써 눈가가 촉촉이 젖은 채였다.

"마음만 먹으면 얼마든 시간 낼 수 있었잖아요. 평소에 대화를 나눴으면 여기까지 와서 얘기할 필요 없잖아요."

"그래서, 나 퇴근하면 항상 방문 잠그고 있었니?"

이 말엔 초연뿐 아니라 나도 대꾸할 수 없었다. 각자 이유는 달랐을 테지만, 사실은 사실이니까. 냉장고의 묵직한 기계음이 우리의 침묵을 메우고 있었다.

초연이 훌쩍거리기 시작했다. 받아들이기 힘든 얘기가 한꺼번에 나온 탓이었다. 붉어진 눈 때문에 공기가 무거워졌다. 잠시 호흡이 무너졌던 초연은 눈물을 훔치며 자리에서 일어났다. 그러고는 성큼성큼 화장실로 들어가 버렸다. 이윽고 문이 쾅 닫히고 걸어 잠그는 소리까지 들렸다. 동시에 정적이 흘렀다.

내가 한숨을 쉬며 말했다.

"왜 애를 울리고 그래."

아빠는 대답하지 않았다. 하던 말을 계속할 뿐이었다.

"우리 가족 중에 날 위로해 준 사람은 없었어."

"그래서 딴사람이 위로해 줬다?"

"안 그랬으면 벌써 무너졌을 거야."

"하이고, 그 사람이 당신 빚도 갚아 주겠대?"

팔짱을 끼고 아빠를 몰아가는 것은 엄마였고, 과거의 잘못을 헤집는 건 아빠였다. 듣고 있자니 한숨이 나왔다. 둘의 대화는 그저 평행선만 달리고 있었기 때문이다.

아빠는 자꾸 엄마의 화를 돋우었다. 엄마는 그럴수록 아빠 태도에 어이가 없다는 반응을 보였다. 결국 엄마가 먼저 선언했다.

"잘됐네. 그럼 둘이 행복하게 살아. 내가 당신 인생에서 사라져 줄게."

다 포기한 말투였다. 아빠는 한술 더 떴다.

"나도 이제 완전히 끝내고 싶어."

이렇게 결론이 나는 건가. 나는 문득, 엄마가 지금껏 말하지 않은 게 있다는 사실이 떠올랐다. 그래서 끼어들었다.

"엄마, 왜 병 있다는 얘기는 안 해? 아빠도 알아야 할 거 아니야."

순간 엄마의 눈빛이 흔들리는 게 보였다. 그래, 엄마는 분명 위암을 앓고 있다고 했었다. 그 사실을 말하면 분위기가 전환될지도 모른다.

그런데 엄마가 픽 웃으며 되레 묻는 게 아닌가.

"뭔 소리니? 엄마가 병에 왜 걸려?"

이게 무슨 뜻인지 헷갈려 잠시 정신이 멍했다. 나는 뒤늦게 엄마가 투병 사실을 숨기려 한다는 걸 알았다.

"엄마 위암이라며. 나한테 말해 줬잖아!"

엄마는 눈살을 찌푸리며 맞받았다.

"내가 언제?"

아, 생각해 보니 그건 오늘이 아니라 지난번 엄마였다. 엄마가 애처럼 펑펑 울었던 기억이 아직도 생생하다. 아빠가 날카롭게 물었다.

"뭐야, 당신 병 생겼어?"

"아니야! 어이가 없어서 정말."

엄마가 노련하게 거짓말을 하고 있었다. 아빠는 엄마의 대답을 너무나 쉽게 믿는 눈치였다. 나는 이 상황이 미치도록 납답했다. 엄마가 화제를 돌렸다.

"근데 초연이는 왜 안 나와?"

그러고 보니 초연이 욕실에 들어간 지 십 분은 된 것 같았다. 우리는 잠시 대화를 중단할 수밖에 없었다. 욕실 너머로 아무 소리가 안 들리는 것이 왠지 께름칙했다. 아빠도 같은 기분을 느꼈는지 곧바로 욕실 문을 열어 보았다.

덜컹 덜컹.

문이 잠겨 있었다.

"초연아!"

아빠가 큰 소리로 불렀는데 대답이 없었다. 엄마의 표정도 굳어지기 시작했다.

"초연아, 문 열어 봐!"

몇 번 더 문고리를 흔들고 외쳐도 소용이 없었다. 엄마가 해 봐도 마찬가지였다. 분명 뭔가 이상했다. 아빠가 뒤로 몇 걸음 물러서며 굳은 얼굴로 말했다.

"다들 비켜!"

그러더니 있는 힘껏 욕실 문을 발로 찼다. 부서질 듯 크게 흔들리던 문은 아빠가 두 번째 걷어찼을 때야 파각! 소리를 내며 열렸다.

"아악! 초연아!"

가장 먼저 발견한 건 엄마였다. 절규에 가까운 비명을 지르고 있었다. 내가 쏜살같이 달려 들어갔다. 그리고 욕조를 바라본 순간, 나는 굳어 버렸다.

초연이 손목을 그은 채로 주저앉아 있었다.

욕조 바닥에 빨간 피가 흥건했고, 옆에는 공업용 커터 칼이 놓여 있었다. 예전에 공항에서 봤던 주황색 커터 칼이었다. 정말로 깊게 그었는지 손목이 피로 흥건해 상처가 어떤지 알아보기 힘들 지경이었다. 뒤늦게 들어온 아빠도 새된 목소리로 초연을 불렀지만 이미 소용없었다.

"엄마……, 아빠……."

초연은 의식이 있었다. 그리고 울고 있었다. 초연은 목걸이와 함께 손목을 감싸 쥐고 눈물 가득한 얼굴로 말했다.

"다 싫어……. 지금의 학교, 가족 전부……."

그 말에 엄마가 오열하며 초연을 끌어안았다. 아빠는 곧장 119에 전화를 걸었다. 정지 화면처럼 우리 가족의 비참한 풍경이 한눈에 들어왔다. 다른 사람도 아니고 초연이 이런 짓을 했다는 게 믿기지 않았다.

충격 때문인지 순간 머리가 핑 돌았다. 눈앞이 깜깜해지고 귓전이 윙윙 울리기 시작했다. 망치로 얻어맞은 듯한 통증이 머리 전체에 퍼지고 있었다. 나는 어디가 위아래인지 분간 못 할 만큼 몸의 균형 감각을 잃었다. 그와 동시에 세상이 한 바퀴 휙 도는 느낌이 들었다.

이윽고 몸의 모든 감각이 사라졌다.

강초연

"⋯⋯."

몸에 감각이 돌아왔을 땐 이미 비행기 안이었다. 갑자기 들이치는 햇빛에 잠시 눈을 감아야 했다. 휴지로 막은 콧구멍, 손에 묻은 코피, 붉은 운명석 팔찌까지 처음 그대로였다. 다만 이제는 두통이 더욱 심해져 머리 전체가 아팠다.

[PM 12 : 01]

나는 이 시간으로 돌아왔다는 사실에 이토록 안도감을 느낀 적이 없었다.

"야, 내 말 씹냐?"

옆에서 초연이 나를 노려보고 있었다. 저 눈빛이 너무나 반가

웠다. 무사해서 정말 다행이다. 이렇게 톡톡 쏘아붙여야 초연답지, 울면서 스스로를 해치는 초연은 다시 보고 싶지 않다. 그동안 엄마 아빠에게만 집중했었는데, 이제는 초연이 더 중요한 사람으로 보이기 시작했다.

"내 말 씹냐고."

또 날카롭게 묻기에 나는 대답 대신 빙긋 웃어 주었다. 초연이 당황한 듯 눈썹을 찌푸렸다. 나는 가장 염려되는 것부터 물어보았다.

"강초연, 너 혹시 오늘 죽을 생각이었어?"

전혀 예상치 못한 질문이었는지 초연은 놀란 토끼 눈이 되었다. 한참 동안 나를 쳐다보더니 헛웃음을 쳤다.

"코피 쏟을 때 뇌도 같이 쏟았냐? 내가 왜 죽긴 왜 죽어."

대답이 시원시원했다. 하지만 무언가 슬퍼 보이는 눈이 마음에 걸렸다. 어젯밤을 겪고 나니 이젠 알아볼 수 있었다. 나는 초연의 눈치를 살피며 일어섰다.

비행기에서 내린 다음, 공항에 들어와 수하물을 찾았다. 초연이 찾아온 캐리어의 지퍼 틈새 사이로 급하게 쑤셔 넣은 주황색 커터 칼이 보였다. 나는 곧바로 다가가 커터 칼을 집어냈다.

"이걸로 죽으려고 했던 거 아니야?"

"야, 뭐야. 내놔!"

초연이 내 손에 있던 칼을 잽싸게 낚아챘다. 엄청나게 신경질을 부리고 있었다. 그 와중에 초연의 손에 들린 칼을 보니, 어제의 섬뜩한 장면이 다시 떠올라 버렸다. 초연은 얼른 칼을 도로 집어 넣었다.

나는 일부러 초연을 떠보았다.

"네가 손목을 긋는 건 아직 나밖에 몰라."

초연의 옆 턱이 실룩 움직였다. 긴장할 때 나오는 버릇이었다. 엄마 아빠의 눈치를 살피는 걸 보니 정말 뭔가 있는 모양이었다. 초연은 여전히 시치미를 뗐다.

"웃기지 마. 왜 자꾸 헛소리야?"

"내가 미래를 봤거든."

순간, 초연의 표정이 싹 변했다. 나는 붉은 운명석을 초연에게 보여 주었다.

"이게 붉게 변한 뒤로 그래. 왜 이렇게 됐는지는 나도 몰라. 분명한 건, 네가 오늘 밤에 그런다는 사실이지."

"정말로 미래가 보이기만 했어? 바꿀 수는 없었고?"

지금까지 가족 모두에게 거짓말을 했는데, 이런 반응은 초연이 처음이었다.

"응? 어."

"어디까지 봤는데?"

"……오늘 밤까지."

대답을 듣자마자 초연이 미간을 찌푸렸다. 뭔가를 알아챈 건지,

못마땅해서 그런 건지 분간할 수 없었다. 그러고는 쌀쌀맞게 말했다.

"네가 미래를 봤다는 증거 대 봐."

증거라면 얼마든지 있었다. 엄마 아빠조차 내가 예견한 일들이 그대로 벌어지자 경악을 금치 못했었다. 나는 초연을 놀래 줄 생각으로 말했다.

"조금 뒤에 재난 문자 올 거야. 이십 시부터 대설 예비 특보."

초연이 고개를 끄덕였다. 예상보다 차분한 반응이었다.

"렌터카 업체에 가면 아빠가 예약한 차가 없어. 그래서 쏘나타를 빌릴 거야."

초연은 이번에도 고개만 끄덕였다. 이것도 내가 기대한 반응이 아니다.

"또……, 네가 갑자기 가자고 해서 먹은 해물라면은 더럽게 맛없었어."

해물라면이란 말을 듣고서야 초연이 뚝 멈춰 섰다. 그러고는 미소를 머금었다.

"진짜인가 보네."

엉뚱한 포인트에서 내 말을 믿는 초연이었다.

한림 공원에 도착했을 때, 초연이 엄마 아빠에게 말했다.

"둘이 다녀오세요. 우린 수학여행 때 왔던 곳이라."

"왜, 또 가면 좋지."

나한테는 불같이 화내던 엄마가 지금은 초연을 부드럽게 타이르고 있었다. 상반된 행동에 기가 막혔다. 내가 뾰루퉁하게 있었더니 아빠가 물었다.

"넌 얼굴이 왜 그래?"

"……머리가 너무 아파."

젠장, 내가 댈 수 있는 핑계는 이런 것뿐이었다.

그제야 엄마 아빠가 어쩔 수 없다는 듯, 차를 잘 지키고 있으라며 신신당부한 후 공원으로 들어갔다. 나는 두 사람의 뒷모습을 보며 말했다.

"넌 좋겠다. 이미지가 좋아서."

"헛소리하지 말고, 하던 얘기나 마저 해."

초연은 공항에서 나온 뒤부터 이 순간만 기다린 듯했다. 내게 이것저것 물었다.

"너, 운명석이 변하기 전에 무슨 생각 했는지 정말 기억 안 나?"

"모르겠다니까."

"예를 들면 소원을 빌었다든지."

초연의 입에서 '소원'이라는 말이 나오자마자 깜짝 놀랐다. 어제도 누군가에게서 같은 말을 들었기 때문이다.

"말하는 게 꼭 그 할머니 같네."

"할머니? 어떤 할머니?"

더 예리해진 말투였다. 나는 초연에게 이 사실을 털어놓아도 될지 생각하느라 곧장 대답하지 않았다. 그런데,

"혹시 기념품 파는 할머니?"

초연이 먼저 말하는 게 아닌가! 나는 기겁하듯 대답했다.

"어떻게 알았냐?"

"역시. 너도 만났구나."

초연보다 많은 정보를 가지고 있을 거라 생각했는데 뒤통수를 맞은 듯했다. 이제는 내가 더 궁금증으로 달아올랐다.

"넌 언제 봤는데?"

초연은 기억을 더듬는 듯 눈동자를 위로 향했다.

"봄에 수학여행 왔을 때. 산방산에서 혼자 버스에 남아 있다 만났어."

"나도 산방산에서 봤어!"

우린 각자가 알고 있는 중요한 정보를 합쳐 보았다. 내가 들은 건, 운명석은 원래 하나인데 초연과 나의 돌이 각각 반쪽이라는 사실과, 현재 두 운명석이 충돌하고 있다는 것이었다. 초연은 자기가 아는 정보도 알려 주었다.

"이 운명석은 시간의 소원을 들어주는 돌이래."

"시간의 소원?"

"응. 그리고 운명석이 붉어졌다는 건, 소원이 이루어지고 있다는 뜻이야."

그래서 내가 오늘이라는 시간에 갇혀 버리고 만 건가.

"난 이런 소원 빈 적 없어!"

"잘 생각해 봐. 미래가 궁금했던 거 아니야?"

초연이 나를 빤히 바라보았다. 내가 미래를 봤다는 거짓말을 그대로 믿고 있었다. 대화를 이어 가려면 더 이상 속일 순 없었다. 나는 솔직해져야 했다.

"나, 미래 같은 거 보지 않았어."

"······."

"사실은 오늘 하루가 끝없이 반복되고 있어. 하루를 보내다 갑자기 정신을 잃으면 항상 정오의 비행기 안이야. 대체 왜 이런지 모르겠어."

초연은 내 말을 조용히 듣고만 있었다. 그러고는 습관처럼 자기 목걸이에 박힌 운명석을 만지작거렸다. 차 안에 짙은 정적이 흘렀다.

초연은 한참 지나서야 고개를 끄덕거렸다. 뭔가를 알아낸 표정이었다.

"그러고 보니, 너 오늘 비행기 안에서 코피 엄청 쏟았지."

"응."

"말이 앞뒤가 안 맞는다는 건 진작 느끼고 있었어."

"······."

"운명석은 단순히 미래를 보여 주는 돌이 아니야. 아마 너도 모르는 사이에 무슨 소원을 떠올렸을 거야. 예를 들면 시간을 어떻게든 움직여 봤으면 하는 소원 말이야. 그런 뒤에 운명석에 네 피가 묻은 거고."

무심코 떠올렸던 소원이라. 그것도 시간에 대한 소원. 시간을 움직였으면 하는 소원. 시간의 소원, 시간의 소원…….

그 순간, 머리를 번쩍 스치듯 떠오른 기억이 있었다.

내가 비행기에서 코피를 쏟기 전에 했던 생각. 그것은 다름 아닌 이 방학이 영원히 계속되길 바라는 마음이었다. 나는 겨울 방학의 마지막 날마다 다시 처음으로 되돌리는 상상으로 한껏 들떴었다. 그러다 의도치 않게 운명석에 코피를 묻히고 말았다. 그게 운명석을 발동시켰을 줄이야.

젠장, 제기랄, 빌어먹을. 너무나 어이없게 시작된 소원이었다. 게다가 짜증 나는 건 이번 겨울 방학이 영원하길 바랐지, 오늘이 반복되길 바란 것이 아니란 말이다!

"너 갑자기 화난 것 같다?"

아아, 나란 인간은 정말 얼간이 중에도 국가대표 얼간이인 게 분명하다. 아무래도 화제를 돌려야겠다.

"내가 엄마 아빠의 진실을 몇 가지 알아냈는데……."

덜컥.

하필 그때, 엄마와 아빠가 차 문을 열었다. 평소보다 훨씬 빨리 돌아온 것이었다. 찬 바람이 쌩 들어왔는데, 엄마 아빠 표정도 마찬가지였다. 둘이 싸우고 온 게 분명했다. 나는 애써 아무렇지 않은 척하며 물었다.

"구경 잘하고 왔어?"

둘 다 대답이 없었다. 초연은 굉장히 당황한 얼굴이었다. 나는 눈짓으로 초연에게 괜찮다는 사인을 보냈다. 모든 게 예정대로 흘러가고 있었다.

산빙신 주차장에 도착했을 때, 나는 기념품 할머니부터 찾았다. 그런데 할머니의 흔적조차 찾을 수 없었다. 참 신출귀몰한 사람이었다. 같은 하루를 반복하는 중인데 어느 땐 있고 어느 땐 없다니.

초연은 흘끔거리며 계속 엄마 아빠의 상태를 체크했다. 이제야 보이는 것이지만, 초연은 매우 철두철미했다. 나름대로 계획을 세워 움직이는 듯했다. 어젯밤에 그런 말도 안 되는 짓을 저지른 게 믿기지 않을 만큼.

호텔까지 무사히 도착해 짐을 풀자마자 초연에게 톡을 보냈다.

[지금 1층 로비로 내려와.]

나는 초연이 내려올 때까지 로비의 한쪽 벽에 걸린 착시 그림을 다시 바라보았다. 나무 위의 소년은 푸른 바다를 본다고 생각하지만, 그것은 착각일 뿐이다. 나무 밑에 늘어선 무수한 파란 우산들에게 소년은 지금까지 속는 중이다. 모든 느낌이 조작된 것이라는, 주변 사람들의 농간이라는 사실을 알지 못한다.

"왜 거기 있어?"

초연이 어제처럼 앞머리를 헤어밴드로 고정하고 나왔다. 격식 없는 노란 후드 티는 초연의 이미지와 안 어울렸다. 참 편하게 입고 나왔군, 생각하며 말을 걸었다.

"넌 이 그림이 어때 보여?"

초연은 별생각 없이 대답했다.

"파란 우산이랑 바다 물결이 헷갈리게끔 그렸네."

"안 신기해?"

"별로."

초연에겐 별 감흥이 없는 듯했다. 사람마다 느낌이 이렇게 다를 수 있구나.

"엄마 아빠의 진실을 알아냈다며. 그게 뭐였어?"

나는 말해 줄 수 있었지만, 순순히 그러지는 않았다.

"너도 뭔가 눈치채고 있는 것 같은데. 일단 네가 아는 걸 얘기해 봐."

초연은 망설이고 있었다. 나는 분명히 못 박았다.

"난 이미 다 겪어 봤다니까. 네가 말해야 나도 어디서부터 알려 줄지 감을 잡지."

초연은 그제야 조용히 운을 뗐다.

"예전 부부 싸움을 엿들은 거라 확실하지 않아."

"그건 내가 듣고 판단할게."

초연은 한 번 더 숨을 고른 뒤에 말했다.

"엄마 아빠……, 사실은 벌써 남남이더라고."

몇 달 전에 서류상 이혼한 일을 말하는 것이었다. 나는 고개만 끄덕였다. 초연이 내 반응을 살피더니 또 입을 열었다.

"여행 끝나고 엄마 아빠가 같이 안 살기로 한 것 같았어. 진짜인 지는 모르겠지만."

"아니야. 정확히 들었네."

확실히 짚었더니, 초연은 입술을 질끈 깨물었다. 불쾌한 진실을 확인해 버린 표정이었다. 그러곤 말이 없었다.

"더 알고 있는 건?"

초연은 고개를 저었다. 이게 전부인 모양이었다. 그런데도 이토록 심각한 얼굴이었다니. 겨우 이 정도 사실에 손목 그을 생각을 했단 말인가.

"이제 네가 본 걸 말해 줘."

내 차례였다. 순간 고민이 들었다. 초연에게 사실을 다 얘기해도 되는 걸까. 혹시 듣고 충격받아서 어제처럼 또 자신을 해치지 않을까. 짧은 시간에 오만가지 생각이 스쳐 지나갔다. 초연이 테이블을 톡톡 두드렸다.

"야, 얼른 말하라고."

고민을 마친 나는 겨우 입을 열었다.

"너 대단하다. 어쩜 그렇게 많이 알아냈냐? 내가 더 얘기할 게 없네."

"웃기고 있네. 지금 뻥 치는 중이라고 네 얼굴에 쓰여 있거든?"

하, 예리한 녀석 같으니라고.

"음……, 아빠 회사가 부도나기 직전인 건 알고 있지?"

"알아."

"아빠 요새 우울증 약 먹는 것도?"

"어! 정말?"

이제야 초연이 조금 놀라는 기색이었다. 나는 언젠가 아빠와 단둘이 나눴던 슬픈 대화를 요약해 들려줬다. 사실 진짜 진실에 비하면 이 정도는 아무것도 아니었지만, 지금의 초연에게는 그럭저럭 먹혀들었다. 손목을 긋는 애한테 아빠의 여자관계와 엄마의 투병 사실까지는 말해 줄 수 없었다.

초연이 목걸이의 푸른 운명석을 말없이 만지작거렸다. 고민이 깊어질 때 나오는 습관이었다. 잠시 후, 나는 놀랐다.

"왜 울어?"

초연의 뺨에 눈물이 흘러내리고 있었다.

"그냥……. 모든 게 엉망인 것 같아서."

초연이 진실을 알아차렸나 싶어 겁이 났다. 그런데 초연은 다른 얘기를 꺼냈다.

"사실 나, 봄에 수학여행 왔을 때 친했던 무리랑 트러블 생겼었
거든. 그 뒤로 죽 혼자였어. 그날 산방산에서도 버스에 혼자 있다
가 기념품 할머니를 만난 거였고……. 그런데 학교에 돌아와서도
내가 다른 애랑 어울리지 못하게 방해하더라. 나, 지금껏 투명 인
간 취급당했어. 올해 교실에서 아무도 나한테 말을 안 걸더라고."

초연의 무리라면 나도 매점이나 운동장에서 몇 번 본 적 있다.
대부분 활달하고 공부도 잘해서 영향력이 막강한 아이들이었다.
그런 아이들과 다투었다니 어쩐지 요즘 초연이 부쩍 혼자 다니
긴 했다.

"그래선지 성적도 많이 떨어졌어. 나 아직 통지표 안 보여 줬다.
엄마 아빠 충격받을까 봐."

안 보여 준 건 나도 마찬가지였다. 다만, 내 경우는 가방에 쑤셔
넣은 채로 까맣게 잊어버렸다는 게 정확한 사실이지만.

"근데 집도 이렇잖아. 모든 게 엉망이야."

마음이 무너진 목소리였다. 초연은 울면서도 한숨을 쉬었다.

"그래도 극단적인 선택은 좀 그렇다. 학년 바뀌면 그 애들과 떨
어질 거 아니야."

"……."

"그리고 엄마 아빠가 헤어지면 뭐, 하늘이 무너져? 우린 어떻게
든 살게 돼 있어. 난 잔소리할 사람이 줄어드는 것도 괜찮다고 생
각하는데."

"강재환, 그걸 말이라고 해? 지금 얼마나 심각한 상황인지 몰라?"

나는 태연히 받아쳤다.

"나는 엄마 아빠가 못 살겠다고 하면 어쩔 수 없다고 봐. 우리한테 매일 싸우는 꼴 보여 줄 바엔 떨어져 사는 게 낫지."

"난 이대로 엉망이 되게 둘 수 없어."

초연은 결의에 가득 찬 눈빛이었다. 나는 빈정거렸다.

"맘대로 해라."

초연이 그 표정 그대로 내게 부탁했다.

"도와줘."

"뭘?"

"엄마 아빠 화해하도록."

"어떻게?"

"방법을 찾아야지. 네가 오늘을 반복하는 중이니까 어쨌든 기회가 있는 거잖아."

"별로 안 그러고 싶은데."

초연은 지금 진실을 모르기 때문에 둘이 화해할 수 있을 거라 생각한다. 그렇다고 모든 걸 말해 주면 또 극단적인 선택을 할 수도 있다.

"강재환, 제발."

초연의 눈빛은 간절했다. 아픈 머리가 더 지끈거린다.

오늘이 반복된다면 나는 어떡해야 할까. 생각해 보니 딱히 할게 없었다. 초연이 끔찍한 짓을 저지르는 것보단 부탁을 들어주는 게 나을지 모른다는 생각이 들었다.

"알았으니까 그만 보채. 그런데……."

나는 인상을 찌푸렸다.

"기회가 별로 없을지도 몰라."

"왜?"

"오늘이 반복될수록 내가 점점 더 아프거든. 이유는 나도 모르겠고."

지금도 머리가 빠개질 것 같다. 초연은 고개를 끄덕였다.

"그럼 엄마 아빠한테 가자. 시간 낭비하면 안 되니까."

우리는 엘리베이터를 탔다. 초연이 주먹을 불끈 쥔 것이 보였다. 대화의 물꼬를 어떻게 틀 것인지 궁금했지만, 물어보지는 않았다. 긴장한 강초연 때문에 한 층씩 올라갈 때마다 격전지에 다가가는 기분이었다.

땅.

8층에 도착했다. 곧바로 엄마의 호실로 다가갔다. 그런데 우리는 복도에 우뚝 멈춰 설 수밖에 없었다.

"내가 당신 인생에서 사라져 줄게."

방에서 결말을 알리는 소리가 흘러나온 까닭이었다. 둘은 벌써 한바탕한 뒤였다. 초연도 그걸 묵묵히 듣고 있었다. 나는 그거 보라는 듯이 픽 웃었다.

초연이 할 수 있는 건 이미 아무것도 없었다.

작당

"……."

잠에서 깼더니 비행기였다. 어제보다 머리가 더 아팠다. 마치 거인이 내 머리통을 쥐어짜는 듯했다. 게다가 이젠 심장이 찌릿한 흉통까지 찾아왔다. 잘못하면 죽을지도 모르겠다는 생각이 든다. 코피를 잔뜩 쏟은 내 모습이 새삼 섬뜩했다.

"야, 내 말 씹냐?"

초연이 변함없이 쏘아붙였다. 내게 운명석의 색깔이 바뀐 이유를 묻는 중이었다. 나는 팔찌와 초연을 번갈아 쳐다봤다. 이번엔 사실대로 말해야 할 것 같았다.

"방금 소원 빌었어."

"무슨 소원?"

"이 방학이 영원했으면 좋겠다고."

"미쳤어? 한 번밖에 없는 기회를……."

초연은 말을 잇지 못했다. 날 한심하다는 눈빛으로 쳐다보고 있었다. 내 운명석을 쳐다보던 초연이 갑자기 팔찌를 확 낚아챘다.

"이거 상태 왜 이래?"

초연이 가리킨 부분을 보고 나도 놀랐다. 뒤에만 나 있던 균열이 앞에서도 눈에 띌 만큼 커졌기 때문이다. 잘못해서 떨어뜨리기라도 하면 운명석이 깨져 버릴 것만 같았다. 나는 숨김없이 말했다.

"나, 오늘 하루가 끝없이 반복되고 있어."

초연은 무슨 말인지 잘 모르겠다는 표정이었다. 그러다 기념품 할머니에 관한 얘기, 초연이 학교에서 따돌림당하고 있다고 고백한 사실까지 말하니 그제야 알아들었다. 몸이 여기저기 아픈데 길게 설명하려니 죽을 맛이었다.

"지난번의 네가 다 얘기해 준 거야."

초연은 멍하니 고개를 끄덕였다. 나는 한마디 더 보탰다.

"인간적으로 점심에 해물라면은 먹지 말자. 거기 별로 맛없어."

오늘은 엄마가 추천한 고기국숫집으로 왔다. 우리는 일부러 엄마 아빠와 멀리 떨어진 테이블에 앉았다. 대기 줄이 긴 식당에서 둘씩 따로 앉으니 점원이 눈치를 줬지만, 지금 그것까지 신경 쓸 여유는 없었다. 주변의 소음이 큰 덕에 우리 대화는 은밀하게 이루어질 수 있었다.

"지금까지 별짓 다 했는데 소용없었어."

"어떻게 했는데?"

"엄마랑 대화해 보고, 아빠한테 따져 보기도 하고, 둘이 담판 짓게도 해 보고."

초연은 내 말을 듣고 생각에 잠겼다. 어찌나 골몰하는지 고기국수가 나왔는데도 그저 팔짱만 끼고 있었다.

초연이 입을 연 건 오 분도 더 지나서였다.

"이 방법은 어때?"

"뭔데?"

"각자 엄마 아빠 옆에 붙어 있는 거야."

"귀찮은데."

초연은 내 반응 따위 무시했다.

"나는 엄마랑 둘이 다닐 테니까, 넌 아빠랑 다니며 이야기 나눠봐. 그러다 보면 뭔가 접점이 나올지도 모르잖아."

"아빠랑? 싫어. 네가 붙어 있든지."

"네가 아빠랑 같은 방이잖아. 평소에도 많이 대화했고."

"……"

"밤에 결과를 공유하자. 뭔가 나올 수도 있어."

아, 괜히 도와준다고 했다. 나는 온몸으로 거부 반응을 보여 봤지만 소용없었다. 초연의 눈은 이미 빛나고 있었다.

야자수가 즐비한 한림 공원에 오자마자 초연이 말했다.

"여기는 엄마랑 둘이서 구경하고 싶어요."

"아빠는 나랑 다니자."

엄마 아빠는 서로 마주 보았다. 결정은 금방 이루어졌다.

"그러자. 한 시간 뒤에 저 가게 앞에서 만나는 걸로."

아빠가 매표소에서 입장료를 계산했다. 표를 받은 초연이 엄마에게 먼저 다가가 팔짱을 끼었다. 우리는 공원 입구에서 손을 흔들고 헤어졌다.

아빠와 내가 먼저 들른 장소는 연못 정원이었다. 바위 절벽에서 폭포수가 쏟아지는 광경이 이젠 익숙했다. 벤치에 앉았더니 엉덩이가 금방 차가워졌다. 아빠는 콧노래를 흥얼거리고 있었다. 나는 눈치 보다가 조심스레 말 걸었다.

"아빠."

"응?"

"요즘 좋은 일 있어?"

"왜?"

"그냥. 그래 보여서."

떠보듯 날린 질문인데 아빠는 정말로 씩 웃었다. 사업 실패에 우울증 약까지 먹는 사람치곤 해맑은 미소였다. 아빠가 내 어깨에 손을 척 얹었다.

"좋다고 생각하면 모든 게 좋은 일이지."

아빠의 말만큼이나 걸친 손이 어색했다. 내가 아무것도 모를 거라고 생각하나? 나는 흉통과 두통을 참으며 다시 질문했다.

"그럼 안 좋은 일은 없고?"

아빠는 잠시 침묵했다. 다시 웃기까지 시간이 걸렸다.

"그런 게 어디 있어. 이렇게 제주도까지 온 마당에."

먼 산을 바라보며 미소 짓는 저 얼굴이 공허해 보이는 건 나의 착각일까. 아빠는 자연스레 담뱃갑을 꺼냈다가 공원이라는 걸 깨닫고 도로 집어넣었다.

그 뒤로도 겉도는 말뿐, 아빠의 진심을 알 만한 대화가 이루어지지 않았다. 아빠는 퍽 능청스러웠다. 회사 망하기 일보 직전 아니냐, 여자 만나고 있지 않느냐 폭로하고 싶었지만, 예전에 그랬다가 다투었기에 일단 참았다.

산방산에서도 우리 가족은 둘씩 갈라졌다. 아빠와 나는 해안가 마을이 잘 보이는 카페 아라첼리에 들어갔다. 뼈까지 시린 바람을 더는 맞기 싫었다.

따뜻한 유자차와 카푸치노를 들고 2층에 올라왔다. 겨울이라 그런지 창가 쪽 손님 한두 팀밖에 없었다. 우리는 전망이 좋은 자리를 골라 앉을 수 있었다. 멀리 하멜의 배가 보이고, 그 앞에 작은 유원지의 놀이기구도 보이는 자리였다. 창밖에 엄마와 초연이 나란히 걷는 모습이 보였다.

"엄마랑 초연이는 잘 다니네."

"그러게. 둘이 있는 거 보면 정말 보기 좋아."

아빠가 카푸치노를 호로록 마시며 맞장구쳤다. 잔잔한 발라드가 흘러나오는 카페 분위기 덕에 아빠의 모습이 신사다워 보였다. 원래 아빠는 매너로 뭉친 사람이었다. 진실을 알기 전까진 말이다.

"이대로 둘씩 따로 여행해도 재미있겠네."

아빠가 나랑 돈독한 것을 과시하듯이 말했다. 나는 조용히 고개만 끄덕여 주었다. 아빠가 다시 카푸치노를 한 모금 마시며 나를 골똘히 바라보았다.

"재환아, 뭐 하나 물어보자."

"뭔데?"

아빠의 표정은 사뭇 진지했다.

"만약에, 아빠랑 너랑 둘이 살면 어떨 것 같아?"

"우리 둘이 따로?"

"어. 아빠는 공부해라, 게임 그만해라, 이런 소리 안 하잖아."

내 진심을 떠보는 아빠였다. 내가 머뭇거리자, 아빠는 목소리 톤을 더욱 높였다.

"용돈도 달라는 만큼 주고."

아무것도 모르는 나라면 이 제안을 덥석 물었을 것이다. 자유로워질 수만 있다면 뭐든 하고 싶었으니 말이다.

"왜? 진짜 그러려고?"

아빠는 미소만 지었다. 아빠는 내일 가족에게 별거 선언을 할 것이다. 내 대답은 신중해야 했다. 지금 아빠와 괜한 갈등을 빚을 필요는 없었다.

"글쎄, 생각 좀 해 봐야겠는데."

아빠가 내 쪽으로 몸을 기울이며 물었다.

"만약 선택하라면 어떡할 거냐. 엄마랑 사는 게 좋아?"

아, 이런 유치한 질문까지 하다니. 아빠는 어떻게든 나를 설득하려고 혈안이었다. 나는 얼른 이 상황을 모면해야겠다는 생각뿐이었다.

"둘 중 고르라면……, 아빠겠지."

아빠가 고개를 끄덕였다. 흐뭇해하는 미소가 찻잔에 흘러넘치고 있었다. 표정을 보니 아빠가 정말 엄마에게서 마음이 떠난 게 맞구나 싶었다. 갑자기 유자차 맛이 시큼털털해졌다.

저녁 식사를 하러 식당에 들어왔는데, 두통과 흉통이 번갈아 가며 괴롭혔다. 밥도 간신히 먹을 정도였다.

그런데 예상치 못한 일이 터졌다. 아빠가 갑자기 폭탄선언을 하는 게 아닌가.

"초연아, 재환아, 곰곰이 생각해 봤는데, 지금 말하는 게 좋을 것 같아."

아빠의 표정은 진지했다.

"사실 엄마 아빠, 당분간 따로 지내기로 했어."

원래 내일 얘기하려던 거 아니었나? 무엇이 아빠를 이토록 빨리 결단하게 했는지 알 수 없었다. 내막을 아는 초연도 무척이나 놀란 얼굴이었다.

그러면서 아빠가 내 어깨에 손을 얹었다.

"재환이는 내가 데려가려고. 초연이는 엄마랑 지내는 게 좋을 것 같고."

순식간에 네 사람 사이에 정적이 흘렀다. 아까 대충 대답한 것을 아빠가 확답으로 받아들인 건가! 내가 뭐라 변명하기도 전에 엄마가 쏘아붙였다.

"둘이 작당을 하고 왔네. 성질도 급하셔라."

"아니야! 나도 아빠가 이럴 줄 몰랐어."

나까지 한통속으로 몰리고 있었다. 손을 휘휘 저었는데도 엄마의 냉랭한 눈빛은 여전했다. 어쩔 줄 몰라 하던 그때, 초연이 다짜고짜 대들었다.

"아빠, 지금 엄마가 어떤 상황인지 알아요?"

엄마가 초연의 소매를 잡아당기며 제지했다. 하지만 초연은 결국 말했다.

"위암이래요. 그것도 말기요! 그런데 그런 말이 나와요?"

이 말의 파장은 생각보다 대단했다. 방금까지 이야기를 주도했던 아빠가 안색이 완전히 변했기 때문이다.

"당신, 왜 지금까지 말 안 했어?"

"말하면, 뭐가 달라지긴 해?"

엄마가 싸늘한 목소리로 아빠를 몰아붙였다. 이미 식사 분위기가 아니었다. 둘이 티격태격하는 소리가 다른 테이블로 넘어갔다. 사람들이 기웃기웃 우릴 쳐다보았다. 나는 고개만 푹 숙이고 있어야 했다.

"하아……"

초연과 나는 호텔 1층 로비에 앉아 있었다. 8층 객실에 도착하자마자 엄마 아빠가 대판 싸움이 났기 때문이다. 쫓겨나듯 내려오고 나니 머리가 더욱 지끈거렸다.

"엄마 위암 얘기는 뭣 하러 꺼냈냐? 내가 그 얘기 안 해 본 줄 알아?"

"아빠도 알 건 알아야지."

초연은 지금도 눈이 젖어 있었다. 엄마의 투병 소식 때문에 울다 그치길 반복했다. 그나마 최악을 면한 건, 아빠의 다른 진실을 알아채지 못했다는 것이다.

"나도 마음 같아선 다 뒤집어엎어 버리고 싶은 심정이야. 이 상황이 짜증 나니까. 그런데 여기서 내가 다치기라도 하면, 하루가 반복될 때 다친 그 상태로 시작하더라. 내가 함부로 행동하지 못하는 이유가 그거야."

초연이 고개를 번쩍 들었다.

"시간을 돌려도 다친 그대로라고?"

"응. 심지어 나이도 먹는 거 같아."

나는 초연에게 왼쪽 손바닥을 보여 주었다.

"여기 길쭉한 상처 보이지? 이건 네가 산방산에서 나를 떠민 바람에 생긴 상처야. 보다시피 거의 나았어. 몇 번 전에 그런 거거든. 넌 당연히 모르겠지만."

초연이 내 손바닥의 상처를 신기한 듯 바라보았다. 시간이 되돌려져도 당사자의 세월과 흔적은 그대로라는 사실. 초연에겐 신선한 충격인 모양이었다.

"그럼 한시가 급한데, 우리 여기 있어도 돼? 뭐라도 해야 할 거 아니야."

"그냥 포기해. 아빠 이미 엄마한테 마음 떠났어."

"아빠가 너한테 뭐라고 했는데?"

"따로 나가 살자던데."

초연이 이마를 찌푸렸다. 그러곤 조그맣게 말했다.

"엄마랑 얘기해 봤는데, 엄마는 아직 마음이 열려 있는 것 같았어. 아빠가 정말로 따로 살겠다고 하면 어쩌나 걱정하던걸."

"아프니까 의지하려 그러는 거 아냐?"

"무슨 말을 그렇게 해? 가족이잖아."

"서류상으론 아니잖아."

난 일부러 툭툭 쏘아붙였다. 가족은 절대로 떨어질 수 없다는 초연의 사고방식이 고리타분해 보이기도 했고, 이미 끝장나 버린 관계를 어떻게든 이어 보려 애쓰는 게 안쓰러웠다.

"강초연, 그만 포기해."

"넌 엄마 아빠한테 남은 정도 없어?"

"그거랑 이건 별개지. 그냥 흘러가는 대로 두자니까. 둘이 헤어진다고 해서 우리가 아예 못 보고 살 것도 아니고."

"넌 아빠랑 살면 잔소리도 안 듣고 편하겠네."

"엄마에겐 엄마의 인생이 있고, 아빠에겐 아빠의 인생이 있어. 둘이 원하는 대로 하게 두는 게 최선이라고 생각해."

"방관하는 게 아니고? 내가 친구 무리에서 떨어지기로 마음먹었을 때 그게 내 본심이었을 것 같아? 그때 한 명이라도 나를 붙잡아 줬으면 그렇게 되지 않았어. 엄마 아빠에게도 지금 브레이크 걸어 줄 사람이 필요하다고."

"네가 이 엿 같은 하루를 반복해 봐라. 그런 말이 나오나."

어느덧 우리 대화는 언쟁으로 변질되었다. 최근에 초연과 말이 통하는가 싶더니 역시 초연은 초연이었다. 고지식하고 원리 원칙에 얽매여 융통성이라고는 없는 애. 어째서 초연이 아닌 내가 시간을 반복하는 걸까.

"엄마가 저렇게 아픈데 그냥 둘 거야?"

나는 혀를 끌끌 찼다. 초연이 과연 아빠의 비밀을 알고도 저렇게 말할 수 있을까. 생각하는 게 초등학생 같다. 도덕 교과서에나 나올 법한 인물 말이다.

"난 별로 관여하고 싶지 않아. 억울하면 네가 직접 해결하든가."

잠시 침통한 정적이 맴돌았다. 밤늦은 시각의 로비는 어두웠다. 앞에 앉은 직원도 벽에 걸린 그림처럼 움직이지 않았다. 마치 모든 것이 멈춰 있는 듯했다.

"강재환."

초연의 목소리가 착 가라앉았다.

"그만하자. 어차피 오늘은 망한 거 같으니까. 넌 또 하루가 반복되겠지?"

사실인데, 막상 들으니 기분이 이상했다. 고개를 끄덕여 주었더니 초연의 목소리가 더욱 낮게 깔려 나왔다.

"다음번의 내가 이 상황들을 바로 믿게 할 방법을 가르쳐 줄게. 나한테 매번 설명하느라 힘들 거 아니야."

"겁나 귀찮지."

초연은 두 손으로 뺨을 비벼 대며 괴로운 듯이 말했다.

"이게 즉효일 거야. 올해 애들이 나를 무시하며 붙인 별명이 있는데, 이 별명을 너한테서 들으면……."

귀가 솔깃해졌다. 과연 초연이 말해 줄 마법의 별명은 무엇일까.

"강초딩."

"풉!"

"아, 웃지 마!"

웃음이 나오는 걸 어쩌란 말인가.

"어쨌든 이걸 들으면 내가 불같이 화낼 거야. 그때, 이전의 내가 알려 준 거라고 밝히면 돼. 이 별명은 비밀이었거든. 그리고 내일 다시 얘기해 보자."

분위기는 진지한데, 머릿속에서 자꾸만 초등학생과 초연의 이미지가 겹쳐 보였다. 별명이 이렇게 찰떡일 줄이야.

강초딩. 기억이 사라진 초연이 이 말을 들으면 어떻게 반응할지 궁금하다.

단독 행동

"승객 여러분, 제주공항에 오신 것을 환영합니다. 현지 시각은 열두 시, 기온은 섭씨 5도입니다. 비행기가 아직 이동 중이오니……."

귀에 익은 기내 방송이 흘러나왔다. 어젯밤의 험악한 분위기 때문에 일찍 누웠는데 이 시간으로 돌아온 것이었다. 두통과 흉 통이 어제보다 심해졌다.

"야, 내 말 씹냐?"

초연이 익숙한 시비를 걸어왔다. 오른쪽 창가에 앉은 초연은 두 눈이 크고 부리부리해 보였다. 정말 초딩이라 불러 주고 싶은 표정이었다.

"내 말 씹냐고."

나는 잠시 고민했다. 여기서 초연의 별명을 불러 알은체를 할까. 그리고 어젯밤에 일어났던 모든 일을 털어놓을까.

하지만 나는 다르게 말했다.

"뭐라는 거야?"

"그거 색깔이 왜 변했냐며."

초연은 운명석의 비밀을 알고 있다. 그러니 색깔이 변한 것에 관심이 쏠릴 수밖에 없을 것이다. 지금 내가 어떤 소원을 빌었는지 알고 싶을 테고.

"이게 변하든 말든 네가 뭔 상관인데."

툭 쏘아붙였더니 초연이 어이없다는 듯 입만 벌렸다. 할 말을 잃은 모양새였다. 잠시 후, 좌석 벨트 표시등이 꺼지고 승객들이 일어서기 시작했다. 나는 초연에게 퉁명스레 말했다.

"야, 내려. 다 왔잖아."

초연의 표정이 눈에 띄게 어두워졌다.

공항에서부터 초연은 줄곧 저기압이었다. 사실 이제야 느낀 거지만 초연은 오늘 항상 그랬다. 엄마 아빠가 이번 여행 이후에 헤어질 거라는 걸 알고 있으니 말이다. 나는 그런 초연을 계속 모른 체했다.

엄마 아빠가 다투는 걸 여러 번 목격하니, 차라리 깔끔하게 헤어지는 게 좋겠다는 생각이 들었다. 내가 아빠를 따라가든 엄마와 남든 그런 건 상관없었다. 둘이 서로 마음이 떠났다는 것. 그 사실이 중요했다.

두 사람을 놓아주자.

그래서 초연을 알은체할 수 없는 것이었다.

이제 내 목표는 둘이 싸우는 꼴을 안 보는 것이다. 서로 말을 하지 않는 냉랭한 분위기도 짜증 난다. 기왕 헤어질 바엔 평화롭게 끝났으면 한다. 내가 할 수 있는 건 이 정도가 최선이었다.

첫 번째 공략 지점은 한림 공원이었다. 여기서 아빠가 눈치 없이 구는 바람에 엄마가 화를 내기 시작했다. 지금의 나라면 충분히 대처할 수 있다.

돌하르방 거리에서 엄마가 말했다.

"여긴 신혼여행 때 이후로 처음이네."

그 말에 아빠가 고개를 돌렸다. 이제 "난 여름에 직원들이랑 왔었어"라는 말을 내뱉어 엄마의 분노 버튼을 누르려는 순간이었다. 나는 얼른 끼어들었다.

"와! 그럼 얼마 만에 온 거야? 십오 년? 십육 년?"

타이밍을 빼앗긴 아빠는 할 말을 잃은 듯했다. 나는 가슴을 쓸어내렸다. 아빠 지금 무조건 입을 다물어야 한다. 이 상황을 모르는 엄마가 픽 웃었다.

"제주도야 그 뒤로도 왔지. 한림 공원이 처음이라고."

가족들은 아무 일 없는 듯 계속 걸었다.

두 번째 공략 지점은 숙소로 가는 차 안이었다. 여기에서 사고가 나기 직전에 엄마 아빠가 매번 말싸움했었다. 제일 짜증 나는 순간이기도 했다.

엄마가 도로에 휘날리는 눈발을 보며 먼저 말을 꺼냈다.

"날 풀리는 대로 내일 돌아가자. 이런 날씨에 어떻게 계속 여행해."

"무슨 소리야. 여기서 새해맞이 하면서 이런저런 얘기 나누기로 했잖아. 호텔이랑 항공편도 1월 1일까지로 예약해 놨다고."

조금 있으면 엄마가 소리를 빽 지를 타이밍이었다. 예전에는 엄마가 왜 이러는지 몰랐는데, 이제는 이해한다. 나는 잽싸게 끼어들었다.

"아빠, 할 얘기 있으면 오늘 하자."

"……"

"이따 엄마 방에서 모이자고. 다들 오케이?"

엄마의 방은 공기가 무겁고 엄숙했다. 마치 예전의 어느 때와 비슷한 분위기였다. 초연은 이번에도 앞머리를 넘겨 헤어밴드로 고정했다. 아빠에게는 담배 냄새가 났다. 엄마가 화장을 지우러 욕실에 들어간 것도 지난번과 같았다.

"벌써 왔어?"

엄마가 수건으로 얼굴을 문지르며 나타났다. 순간 아빠의 얼굴이 굳는 게 보였다. 엄마는 아무렇지 않은 척, 가방에서 로션을 꺼내 얼굴에 발랐다.

"방이 많이 건조하네."

전에는 내가 대화를 주도했었다. 하지만 그날 밤의 결말은 끔찍한 비극이었기에 오늘은 배턴을 넘기기로 했다.

"아빠, 할 말이 뭐야?"

가족들이 모두 아빠를 바라봤다. 막상 멍석을 깔아 주니 아빠는 주저했다.

"그냥 내일 얘기하면 안 될까."

내일이라니. 오늘이 반복되는 나에게 내일이란 없었다. 여기서 어떤 얘기든 나와야 한다. 난 일부러 폭로하듯 말했다.

"어차피 둘이 헤어질 거 아는데 뭘 숨기고 그래. 그냥 지금 얘기하지."

"야!"

초연이 갑자기 소리를 질렀다. 그러고는 다짜고짜 따졌다.

"넌 이게 장난이야? 그걸 어떻게 함부로 말할 수 있어?"

아무것도 모르는 강초딩. 일단은 진정시켜야 했다.

"워워. 흥분해 봐야 도움이 안 돼. 네가 모르는 진실이 잔뜩 있다고."

동시에 나는 엄마를 바라봤다.

"그렇지, 엄마? 요즘 건강은 어때?"

엄마는 침묵했다. 이렇게 꼭꼭 숨겨서는 이야기가 좋게 이어질

리 없었다. 욕을 먹더라도 할 말은 해야 했다.

"위암 말기라며. 왜 숨겨? 아빠도 알 건 알아야지."

"사, 사실이야?"

아빠가 말을 더듬었다. 초연도 화내던 얼굴이 온데간데없어질 만큼 놀랐다. 엄마는 분위기상 잡아떼기가 어렵다고 생각했는지 의외로 순순히 인정했다.

"……맞아. 바로 수술받아야 한대."

"그걸 지금까지 숨기면 어떡해!"

아빠가 절규하듯 소리쳤다. 엄마는 잔잔하지만 싸늘한 얼굴로 웃었다.

"당신 도움은 받기 싫어. 회사 직원 챙기느라 바쁘잖아."

"지금 회사가 문제야!"

"아니. 말귀를 못 알아듣네. 잘 챙겨야 할 사람 있잖아."

그 말을 듣는 순간, 아빠의 얼굴이 완전히 굳어 버렸다. 엄마는 우리가 무슨 말인지 못 알아듣도록 돌려 말하는 화법을 구사하고 있었다. 초연에겐 통할지 몰라도 진실을 알고 있는 내겐 소용없는 짓이었다. 아빠가 따지듯 말했다.

"당신 내 뒷조사까지 했어?"

"뒷조사는 무슨. 가만히 있어도 다 들리는데."

"……"

"올봄에 대학 후배인 거 알고 뽑았잖아. 내가 모를 줄 알았어?"

둘은 또 옥신각신 다투기 시작했다.

짜증 난다. 좀 평화롭게 헤어지면 안 되나. 싸움의 양상만 조금 바뀌었다. 아빠가 오리발을 내밀다가 결국 시인하는 형국이었고, 엄마는 그만 끝내자고 눈물 바람으로 소리치고 있었다. 이런 꼴을 보려고 한 게 아닌데.

그때, 초연이 일어나 화장실로 가는 모습이 보였다.

"야, 너 이리 와!"

나는 잽싸게 달려가 초연이 뒷주머니에 숨긴 공업용 커터 칼을 빼앗았다. 초연의 얼굴엔 이미 눈물이 흘러 있었다. 분위기가 또 최악으로 치닫고 있었다.

"내가 당신 인생에서 사라져 줄게."

엄마가 이렇게 말한 순간, 나는 오늘을 포기했다. 처음부터 다시 시작하는 것이 상책일 듯했다. 나는 객실로 돌아와 침대에 누웠다. 이 거지 같은 하루를 빨리 흘려버리고 싶었다.

"내가 당신 인생에서 사라져 줄게."
"내가 당신 인생에서 사라져 줄게."

하지만 몇 번을 시도해도 하루의 끝은 늘 개차반이었다. 낮에 엄마 아빠가 싸우지 않도록 하면 밤에 막장으로 치닫고, 아예 처음부터 방관하면 온종일 냉랭한 공기를 견뎌야 했다. 그리고 다시 시작된 하루는 그야말로 지옥이었다.

똑같은 고문을 계속 당하는 기분. 게다가 이 빌어먹을 하루를 몇 번이나 반복하다 보니 두통과 흉통이 심해져 더 이상 견딜 수 없었다. 횟수를 거듭할수록 통증이 강해졌다.

머리를 쥐어뜯고 싶은 심정이었다.

마지막 시도

기내 방송은 이제 하루를 시작하는 주문처럼 들렸다. 나는 새롭게 찾아온 고통에 눈을 질끈 감았다. 절구로 머리를 짓이기는 것 같은 두통과 찌릿찌릿 심장을 찌르는 흉통도 모자라, 이제는 철 수세미로 위벽을 싹싹 긁는 듯한 복통까지 시작됐다. 팔다리가 욱신거리는 게 근육통도 온 것 같았다.

한마디로 아프지 않은 곳이 없었다. 나는 극심한 통증에 이를 악물었다.

젠장. 얄궂은 하루가 또 시작됐구나.

"야, 내 말 씹냐?"

초연이 쏘아붙였다. 이제 이 말은 음절마다 주어진 강약과 억양까지 모두 기억할 정도였다. 나랑 정말 생각이 다른 애였지만, 초연을 외면해서는 이 미로에서 빠져나갈 수 없다. 나는 처음으로 이렇게 말했다.

"왜? 강초딩."

일부러 별명을 힘주어 불렀더니 짧은 순간에 초연의 얼굴에 놀람, 의혹, 분노가 스쳐 지나갔다.

"너, 너 방금 뭐라고 했어!"

순식간에 얼굴까지 빨개졌다. 정말 자기가 알려 준 대로 엄청나게 화를 내고 있었다. 나는 그런 초연을 진정시켰다.

"이 별명 네가 얘기해 준 거야."

그러고는 붉은 운명석을 보여 주었다.

"오늘 하루가 계속 반복 중이거든. 지난번의 네가 말하길, 이 별명으로 부르면 모두 믿어 줄 거라는데."

"그랬었다고? 내가?"

초연이 눈을 이리저리 굴리며 생각했다. 즉시 화를 거두는 걸 보니 효과가 있는 모양이다. 정말로 초연은 일 분도 지나지 않아 눈빛이 바뀌었다. 내가 빈 소원이 무엇이었는지, 그전 하루의 결말이 어땠는지 같은 질문을 했다.

우리는 비행기에서 내리면서 이야기를 나눴다. 초연은 자신이 알고 있는 것과 내가 말해 주는 정보를 비교하며 빠르게 상황을 파악했다. 가장 충격적인 진실만 빼고 다 말했더니 곧바로 대화가 통했다.

"이거 상태가 왜 이래?"

초연이 내 팔찌를 가리켰다. 들여다보니 이제는 운명석의 곳곳에 실금이 잔뜩 가, 톡 건드리기만 해도 깨져 버릴 것 같았다. 마치 통증으로 산산이 부서질 듯한 내 몸 상태 같았다.

"얼굴은 또 왜 이렇게 창백해. 많이 아파?"

어차피 치료가 안 되는 통증이라는 걸 알고 있다. 어쩌면 이번이 나에게 주어진 마지막 기회일지도 모른다. 나는 일단 견딜 만하다고 둘러댔다.

점심으로 먹으러 간 고기국숫집에서 우리는 엄마 아빠와 멀리 떨어져 앉았다. 뽀얀 면발에 큼직한 고기가 푸짐하게 얹혀 있었지만, 나는 먹을 수 없었다. 국물만 마셔도 속이 쓰린 탓이었다.

초연이 궁리한 끝에 말했다.

"엄마 아빠를 각각 맡아 이야기해 보는 거야."

"그거 지난번에 이미 해 봤어."

실패했다는 말을 전하니 초연은 실망한 기색이었다.

초연은 계속 방법을 찾았다. 나도 여행 거부하고 도망치기, 몸 아프다고 드러눕기 같은 아이디어를 냈는데 초연이 마음에 들어 하지 않았다.

우린 한 시간 가까이 계속 침묵했다. 결국 초연의 면발도 퉁퉁 불어 버렸다. 나는 자리에서 일어서며 말했다.

"뭐가 됐든, 이번에 성공 못 하면 포기해. 너 벌써 수십 번 시도했거든."

일부러 뻥까지 섞었다. 그래야 단념이 빠를 테니까.

　검은 돌담이 보이는 해변 도로를 지나 협재 해변을 구경할 때
까지 우린 아무렇지 않은 척했다. 초연은 바다가 예쁘다며 감탄
하는 연기력까지 발휘했다. 매번 보던 게 뭐 그리 좋다고. 잠깐,
초연은 지금 이게 처음인가?

　한림 공원 주차장에 멈추자마자 나는 심호흡을 했다. 초연의
얼굴도 비장해 보였다. 우리는 마주 보면서 고개를 끄덕였다. 나
는 인상을 찌푸리며 머리에 손을 얹었다. 진짜로 지끈지끈 아프
니 일부러 연기할 필요도 없었다.

　"재환아, 왜 그래?"

　"머리가 많이 아파."

　"병원 가야 하는 거 아니야?"

　"괜찮아. 좀 쉬면 나아져."

　"그래도……."

　아빠도 돌아보며 혀를 끌끌 찼다. 그때 초연이 끼어들었다.

　"제가 재환이 옆에 있을게요. 아빠랑 둘이 다녀오세요."

　"구경하려면 다 같이 해야지. 재환이 나아지면 들어가자."

　"아녜요. 우린 수학여행 때 봤는걸요. 걱정하지 말고 다녀오세
요."

　엄마는 잠시 머뭇거릴 뿐, 더 이상 권하지 못했다. 대신 초연에

게 신신당부했다.

"상태 안 좋아지면 전화해. 금방 돌고 올게."

우리는 떠나가는 두 사람의 뒷모습을 지켜봤다. 나는 통증을 견디며 말했다.

"들어가면 둘이 싸울 거야. 아마 거의 삼십 분 만에 나올걸."

그 전에 일을 끝내야 했다. 초연이 곧바로 근처의 기념품 가게를 찾았다. 그리고 눈 깜짝할 사이에 편지지를 사 왔다.

"엄마 아빠가 아마 화난 상태로 읽을 테니, 너무 강한 어투로 쓰면 안 돼. 우리 마음도 잘 전달되어야 하고."

"에이 씨, 유치하게……."

초연이 어려운 주문을 하고 있었다. 편지는 초연의 머리에서 나온 아이디어였다. 그 편지에 내가 알고 있는 정보를 곁들여 엄마 아빠 마음을 정확히 꿰뚫어 놀라게 하자는 것이다. 단지 귀찮다는 게 문제였다.

할 수 없이 머리를 쥐어짜며 편지를 썼다. 컨디션이 너무 안 좋아서인지 평소보다 글씨가 엉망이었다. 한 문장 쓰고 고통을 참는 과정의 반복이었다. 좁은 공간에서 고개 숙여 편지 쓰는 것도 고역이었다. 생각이 점점 확실해졌다. 정말로 마지막이다. 다시는 초연을 도와주지 않을 것이다.

덜컥.

예상대로 삼십 분도 안 되어 엄마 아빠가 굳은 얼굴로 돌아왔다. 둘이 쳐다보지도 않는 걸 보니 싸운 게 분명했다. 초연이 조금 놀란 기색으로 물었다.

"구경 잘하고 왔어요?"

둘 다 대답이 없었다. 당연한 결과인데, 초연은 꽤 긴장하는 모습이었다. 나는 눈짓으로 초연을 안심시켰다. 그제야 초연도 고개를 끄덕였다.

산방산 근처는 한산했다. 기러기 떼가 저 멀리 날아가고 있었고, 기념품 할머니는 오늘도 보이지 않았다. 초연이 두 사람에게 조르기 시작했다.

"날씨도 춥고 재환이 몸도 안 좋은데, 근처에서 쉬는 게 어때요?"

엄마 아빠는 똑같이 말이 없었다. 대신 발걸음 방향을 바꾸는 걸로 동의를 표했다. 우리 가족이 찾아간 곳은 카페 아라첼리였다. 겨울이어도 빨간 동백꽃이 화려하게 핀 마당이 인상적이었다. 이번에도 카페 안에 손님이 거의 없었다.

우리는 카푸치노와 아메리카노 한 잔, 유자차 두 잔을 들고서 2층 창가 테이블에 앉았다. 지난번처럼 멀리 하멜의 배와 유원지의 놀이기구까지 보이는 방향이었다.

"여기 전망 괜찮죠?"

초연이 일부러 분위기를 띄웠다. 엄마가 창밖을 보며 아메리카노를 홀짝거렸다. 두 사람은 여전히 한마디도 나누지 않았다. 나는 통증 때문에 차를 마시진 못하고 초연을 바라보았다. 초연이 내게 눈짓하는 게 시작하자는 뜻 같았다.

내가 먼저 아빠에게 편지 봉투를 내밀었다.

"뭐야, 이게?"

아빠는 처음엔 얼떨떨한 표정이었다. 곧바로 봉투를 열었는데 안에 든 게 편지지라 약간 실망한 듯했다. 선물이라도 들어 있길 바란 건가.

그런데 편지를 읽는 아빠의 두 눈이 점점 휘둥그레졌다. 한림 공원에서 둘이 다퉜을 거라는 예측, 엄마의 분노가 심각한 이유, 이 상황에 대한 안타까움, 이번에 잘 풀어야 앙금이 남지 않을 거라는 조언까지 편지에 고스란히 담겨 있었다.

아빠가 쭈뼛한 얼굴로 내 눈치를 살폈다. 너무 많은 진실이 적혀 당황한 듯했다.

엄마도 입이 떡 벌어졌다. 그 편지에도 내가 초연에게 말해 준 진실이 적혀 있었다. 게다가 초연의 글솜씨라면 효과가 더욱 클 터였다.

"너희……. 이걸 어떻게 알았니?"

엄마 아빠가 동시에 물었다. 침묵만 지키던 초연이 입을 열었다.

"우리도 알 건 알아요. 그러니 서로 감정 풀어요."

나도 한마디 거들었다.

"이번 여행 끝나면 둘이 헤어질 거잖아."

두 사람은 할 말을 잊어버린 듯했다. 아마 우리가 이렇게 솔직하게 나올 줄 몰랐을 것이다. 이제 둘은 끝까지 발뺌할지, 진솔하게 대화할지 선택해야 했다.

"……알고 있었구나."

엄마가 목멘 소리를 냈다. 아빠도 울컥한 표정이었다. 초연이 설득했다.

"힘든 건 같이 극복해야죠. 아빠 회사가 어려우면 제가 아르바이트라도 할게요."

하지만 둘의 표정은 어색했다. 내가 초연에게 가장 치명적인 사실을 알려 주지 않았기 때문이다. 상황이 안 좋아지면 극단적인 선택을 하는 애한테는 절대 말할 수 없는 진실들. 그걸 모른 상태로 설득하니 엄마 아빠가 괴리감을 느낄 수밖에 없었다.

결국 내가 나서야 했다.

"기분 나쁜 채로 지내서 좋을 건 없잖아. 마음 터놓고 대화해 보면 안 돼?"

두 사람은 여전히 말이 없었다. 카페엔 지난번에도 들었던 그 발라드 음악이 흐르고 있었다. 초연은 긴장했는지 손가락을 계속 꼼지락거렸다. 아빠도 흠, 헛기침만 할 뿐이었다. 먼저 입을 연 건 엄마였다.

"이 인간이랑……, 대화를 하라고?"

울분이 가득한 목소리였다. 엄마는 항상 이 시간쯤부터 감정적으로 변해 있었다. 엄마의 말투가 싸늘해졌다.

"내가 왜 그래야 하는데. 용서를 빌어도 시원찮을 판에."

"용서? 내가 뭘 잘못했는데?"

아빠가 곧장 따져 들었다. 엄마가 모를 거라 생각했는지 아빠의 태도는 당당했다. 엄마는 기가 막힌다는 듯 헛숨을 쉬었다.

"정말 뭘 잘못했는지 몰라?"

엄마가 물어도 아빠는 요지부동이었다. 이제 곧 엄마의 입에서 튀어나올 차례였다. 그러기 전에 내가 끊어야 했다.

"엄마, 말하지 마. 초연이는 아직 몰라."

내 말을 들은 순간, 엄마의 말문이 막혔다. 초연은 자기만 모르는 게 있었느냐고 따져 물었다. 엄마와 내가 침묵하는 사이, 아빠가 목소리를 높였다.

"당신도 잘한 거 없잖아!"

"내가 뭘?"

나는 아빠에게도 고개를 저으며 눈빛으로 호소했다. 제발 더는 말하지 말아 달라고. 통증으로 일그러진 내 얼굴 때문인지 아빠가 멈칫했다.

"……됐어. 어휴, 말을 말자."

그러고는 자리에서 일어나 담배 피우러 나가 버렸다. 셋만 남은 테이블 분위기는 찬물을 끼얹은 듯했다. 엄마가 여전히 화난 기색으로 우리에게 내뱉었다.

"내가 너희 때문에 참는다, 진짜."

아빠가 계단 밑으로 완전히 사라지자, 초연이 엄마에게 몸을 기울였다.

"엄마, 나만 모르는 게 뭐야?"

엄마는 머리에 손을 얹은 채 묵묵부답이었다. 그 모습이 너무나 심각해 보인 탓에 초연은 더 이상 묻지 못했다. 그사이 해가 저물어 창밖이 컴컴해졌다. 놀이기구도 멈추었고, 멀리 하멜의 배도 흐릿해 보였다.

도로엔 눈발이 휘날려 앞이 잘 보이지 않았다. 게다가 눈이 쌓여 차선을 구분하기 힘들었다. 낮에 예고한 폭설의 시작이었다. 아빠는 와이퍼를 빠르게 움직이며 운전했다. 숙소로 향하는 이 시간의 상황은 언제나 똑같았다.

저녁을 먹으면서도 초연은 엄마 아빠를 설득했다. 둘이 극적으로 화해하길 바라면서. 하지만 엄마는 이 대화 주제 자체를 괴로워했다. 아빠도 나중에 얘기하자며 자꾸 미뤘다. 초연이 안타까워 보일 정도였다.

편지를 건네줄 때만 해도 분위기가 괜찮았다. 그러나 시간이 갈수록 공기는 얼어붙었다. 둘은 서로에게 거부감을 느끼고 있었다. 더는 손 쓸 도리가 없을 만큼.

"날 풀리는 대로 내일 돌아가자. 이런 날씨에 어떻게 계속 여행

해."

엄마가 말했다. 여기서 아빠가 반응하면 엄마가 소리를 빽 지르는 게 지금까지의 패턴이었다. 그런데 입을 연 사람은 뜻밖에도 초연이었다.

"엄마, 이대로 가면 좋아요?"

"……"

"우리가 이렇게까지 했으면 엄마 아빠도 생각을 바꿔야 하는 거 아니에요? 대체 뭐가 그렇게 어려워요? 우리 생각은 하나도 안 해요?"

화가 많이 쌓인 모양이었다. 초연은 두 사람에게 속사포같이 감정을 쏟아 냈다.

"정말 너무들 하네. 둘 다 실망이에요."

엄마의 목소리가 울적해졌다.

"초연아, 너는 몰라. 내가 왜 이러는지."

"그럼 말해 줘요. 그래야 알죠."

엄마는 입을 열지 못했다. 대신 엄마의 호흡이 무너지기 시작했다. 흐느낌이었다. 그걸 보니 온몸의 통증이 더욱 심해졌다. 초연이 알아서는 안 될 진실…….

그때, 눈치 없이 끼어든 건 아빠였다.

"너 왜 엄마를 울리고 그래!"

초연은 아빠에게도 거침없이 쏘아붙였다.

"엄마를 울린 게 저예요? 누구 때문에 이 지경이 됐는데요!"

지금껏 반항한 적 없는 초연이 이렇게 나오자, 아빠는 충격을 받은 모양이었다. 초연을 노려보며 불같이 화냈다.

"어디서 말대꾸야! 어? 너 그렇게 안 봤는데!"

나는 불안한 느낌이 들어 아빠에게 충고했다.

"운전 똑바로 해."

아빠는 오히려 날 보며 잡아먹을 듯이 말했다.

"넌 가만히 있어!"

그때, 맞은편 SUV 차량의 불빛이 번쩍했다. 나는 소리쳤다.

"앞에 차 와!"

뒤늦게 정면을 본 아빠가 급히 브레이크를 밟았다. 그런데 그 순간, 차가 휙 돌며 미끄러지고 말았다. 비명을 지르기도 전에 상대 차량이 우리 차를 덮쳤다.

콰앙!

유리창이 깨지고, 몸이 붕 뜨고, 엄마와 초연의 머리카락이 거꾸로 솟아올랐다. 가족들의 몸이 고철 덩어리에 이리저리 부딪혔다.

체인을 깜빡했구나, 생각한 순간 내 머리에 큰 충격이 전해졌다. 눈앞이 번쩍했고, 시간이 멈춘 듯 감각도 끊어졌다. 모든 것이 새까매지는 순간이었다.

대화

"……."

공기가 바뀌었다. 귓전에 윙윙 울리는 소음과 눈부심 때문에 인상이 찌푸려졌다. 고개를 돌리니 목덜미부터 정수리까지 뻐근하다. 누군가 머리에 맷돌을 얹어 놓은 것처럼. 옆에 앉은 초연이 날 바라보고 있었다.

"일어났어?"

그런데 처음 거는 말이 달랐다. 표정도 완전히 딴판이었다. 심지어 초연의 얼굴엔 왼뺨을 다 덮을 만큼 커다란 반창고가 붙어 있었다.

"뭐야?"

내가 벌떡 일어나자 초연이 말했다.

"여기 병원이야."

나는 주위를 살펴보았다. 팔뚝에 링거가 꽂혀 있었다. 그제야 낯선 느낌의 공기가 약품 냄새 때문이라는 걸 알았다. 신기하게도 흉통과 복통이 말끔히 사라졌다.

"너 가벼운 뇌진탕이래. 목도 좀 아플 거라던데."

정말 이상하다. 나는 지금 오히려 몸이 가뿐한데. 나는 초연에게 물었다.

"너 얼굴 왜 그래?"

초연은 무심한 투로 말했다.

"뺨이 많이 찢어졌더라고. 스무 바늘 꿰맸어."

마치 꿈을 꾸는 것 같았다. 교통사고가 나면 어김없이 정오의 비행기로 돌아왔는데 내가 왜 여기 있는 걸까. 지금은 대체 어떤 상황인 걸까.

"엄마 아빠는?"

"아빠는 딴 병실에 누워 계셔. 허리를 심하게 다쳐서 당분간 못 일어나실 거래. 그리고 엄마는……."

초연이 말끝을 흐렸다. 나는 침을 꿀꺽 삼켰다.

"중환자실에 있어. 위급하대."

SUV 차량이 조수석에 앉은 엄마 쪽으로 부딪쳤다는 것이다. 눈앞에 날벼락이 떨어진 듯했다. 이게 오늘을 몇 번이나 되풀이한 결과란 말인가!

나는 인정하고 싶지 않았다. 이건 내가 예상했던 결말을 아득히 뛰어넘는 최악의 상황이었다. 빨리 비행기에 있던 시간으로 돌아가고 싶은 마음뿐이었다.

"너 팔찌 좀 살펴봐."

그 말을 듣고 오른손에 낀 팔찌를 쳐다보았다. 그런데…….

운명석이 사라져 버렸다.

돌이 박혀 있어야 할 자리가 텅 비었다. 불그스름한 돌가루만 여기저기 묻어 있을 뿐이었다. 초연이 말했다.

"네 운명석, 완전히 박살 났어. 형체도 알아볼 수 없더라."

"……"

교통사고의 충격이 내 마지막 희망마저도 산산조각 냈다는 소리였다. 너무나 기가 막혀 말이 나오지 않았다. 어떻게든 잘 빠져나가려 했던 시간의 결과가 이거였다니. 게다가 더 이상 되돌릴 수 없다니.

모든 게 끝나 버렸다. 내가 할 수 있는 건 이제 아무것도 없다. 마음속 깊숙한 곳에서부터 뜨거운 것이 차올랐다.

몸이 불불불 떨리기 시작했다. 병실의 사람들과 초연이 쳐다봐도 억제가 안 되었다. 서러움을 견딜 수 없었다. 병실엔 내가 흐느끼는 소리만 잠잠히 퍼졌다. 흘러나오는 눈물이 멈춰지지 않았다.

"왜 울어."

나도 모르겠다. 이 기분을 뭐라 형언해야 할지. 이렇게 돼 버린 상황이 허탈하고, 무력감에 몸을 가눌 수조차 없고, 또 미칠 듯이 화가 나고, 너무나 후회되어 머리를 쥐어뜯고 싶고, 엄마가 안타까워 못 견디겠고…….

나는 한참이 지난 뒤에야 말했다.

"내가 아빠한테 체인을 감으라고 말했어야 했는데."

초연은 나를 물끄러미 바라보았다. TV도 켜지 않은 병실에는 적막이 감돌았다. 주변 사람들도 숨소리조차 내지 못하는 것 같았다.

잠시 후, 초연이 정적을 깼다.

"내가 왜 너 깨어날 때까지 기다렸는지 알아?"

"……왜?"

"듣고 싶어서. 우리 가족 중에 나만 모르는 게 무엇인지."

나는 시선을 피했다. 초연이 이 사실을 알면 또 극단적인 선택을 할지도 모른다. 그래서 말해 주지 않은 것이었다. 그래야만 한다고 생각했다. 하지만…….

엄마는 중환자실에 있고, 아빠는 언제 거동할 수 있을지 모른다. 우리 가족은 이미 파멸이나 다름없었다. 이런 마당에 진실을 감추는 게 무슨 소용일까.

"원하면 알려 줄게. 듣고 놀라지 마. 사실은……."

나는 모든 걸 털어놓았다. 아빠가 다른 여자를 만나고 있다는 사실, 그리고 엄마가 위암 말기라는 것. 시종일관 차분하던 초연은 하나하나 진실을 들을 때마다 놀란 기색이 확연했다. 특히 엄마의 병 소식을 듣고는 눈가가 젖어 들었다.

"엄마 언제부터 그랬어?"

"나도 몰라. 최근에 진단받았대."

"아빠는 언제부터였고?"

초연이 정확한 사실 관계를 따지고 있었다. 나는 추측을 보태서 말했다.

"그 사람을 올봄에 채용했다고 했으니까……. 얼마 안 됐을 것 같은데."

초연은 끄덕거렸다. 생각보다 격한 반응은 없었다.

"이젠 알아도 소용없어. 모든 게 끝났으니까."

우린 한동안 아무 말 하지 않았다. 병실의 공기가 또 숙연해졌다. 한참을 서 있던 초연이 눈가를 매만지며 말했다.

"우리, 아빠 보러 가자."

"……지금? 그래도 돼?"

"어. 엄마는 아직 안 되지만, 아빠는 돼. 아까도 봤는걸. 아빠 정신 멀쩡해."

살짝 겁이 났다. 초연의 성격이라면 분명 매섭게 따질 것 같았기 때문이다. 하지만 초연 혼자 보내기는 더 불안했다. 나는 링거 폴대를 붙잡고 병상에서 일어났다.

병원 복도는 음침했다. 천장의 형광등 하나가 죽을 듯 말 듯 깜빡거리고 있었다. 맞은편의 간호사가 카트를 끌고 올 때 비켜야 했을 만큼 좁았다. 아빠 병실은 같은 층의 반대쪽에 있었다. 초연과 나는 말없이 'ㄷ'자 복도를 따라 걸었다. 잠시 후 2인 병실이 나타났고, 그중 하나에 '강헌호'라 쓰인 게 보였다. 초연이 곧장 문을 열기에 준비할 틈도 없이 따라 들어갔다.

"……."

아빠는 허리에 보호대를 찬 채로 꼼짝없이 누워 있었다. 우릴 보고도 목만 살짝 들어 알은척할 뿐이었다. 나는 차마 입이 떨어지지 않았다. 오랫동안 누워 있어서 볼살이 푹 퍼진 아빠가 왠지 다른 사람 같았다. 다른 환자가 자리를 비운 덕분에 병실엔 지금 우리 셋뿐이었다.

내가 먼저 말을 꺼냈다.

"몸 괜찮아?"

"……괜찮아 보이냐."

아빠는 평소처럼 장난 투였는데, 목소리에 기운이 없었다. 나는 어색함을 감추려고 다른 것을 물어보았다.

"얼마나 치료받아야 한대?"

"척추 쪽 손상이라 수술이 필요할 거래. 며칠 있다가 큰 병원으로 옮겨야지."

벌써 할 말이 궁색해졌다. 또 무슨 말을 할까 고민하는데, 초연이 불쑥 말했다.

"아빠, 다 알고 왔어요."

"뭘?"

"엄마랑 헤어지려는 진짜 이유요."

"그거야 회사가 어려워서……."

"아빠 다른 여자 있는 거, 우리 모두 알아요."

초연이 내지르듯 말했다. 아빠는 눈이 커진 채 초연과 나를 번갈아 보았다.

"그걸 어떻게……."

"엄마 위암인 건 알고 있었어요?"

초연이 또 아빠 말을 끊었다. 아빠는 폭풍처럼 밀고 들어오는 초연의 진실 공격에 제대로 대처하지 못했다. 헛숨을 쉬었다 한숨을 쉴 뿐이었다. 이윽고 위암이 얼마나 진행됐는지, 엄마가 그동안 왜 숨겨 왔는지 물어보기에 내가 대답해 주었다. 아빠는 겨우 한마디 했다.

"……나중에 엄마랑 얘기 좀 해 봐야겠다."

"지금 기분이 어때요?"

"……."

"후회돼요?"

초연은 아빠를 조용히 추궁하고 있었다. 아빠의 잘못 때문에 제주도에 왔고, 이런 사고를 당했으며, 그 여파로 엄마가 중태에 빠진 거 아니냐고.

"후회는 안 해."

초연의 눈이 커졌다. 그 눈빛은 부연 설명을 요구하고 있었다.

"다만, 엄마가 아픈 줄 알았다면 간병부터 했을 거야."

나는 몰아붙이려는 초연을 손을 들어 제지했다. 지금은 어느 때보다 솔직해야 할 시간이다. 나는 아빠의 속마음을 더 알아보고 싶었다.

"아빠."

"……응?"

"만약 다시 선택할 수 있다면 어떡할 거야?"

"뭘?"

"엄마랑 헤어지는 거."

아빠는 부담스러운 듯 힘겹게 웃었다.

"글쎄. 어려운 문제네."

아빠는 말을 잇지 못했다. 문득 중환자실에 쓸쓸히 누워 있을 엄마가 떠올랐다.

"지금은 일단 엄마 회복에 신경 쓰자. 암 치료도 받아야겠고. 엄마랑 살든 안 살든 너희 양육은 아빠가 차질 없이 할 거야."

하지만 이 말은 오히려 초연을 자극했다.

"어떻게 차질 없이 할 건데요? 아빠가 매일 집에 들어오기라도 할 거예요? 아빠가 새로운 아이라도 생기면 그때도 우리를 똑같이 신경 쓸까요?"

안 그래도 무거운 분위기가 더욱 급속히 가라앉았다. 나는 초연의 어깨를 툭툭 치는 걸로 조금 진정해 달라는 뜻을 전했다.

"십육 년이다."

아빠는 이렇게 운을 뗐다.

"십육 년을 함께 살았어. 그런데 사람 정떨어지는 거 한순간이더라. 진정한 실패를 겪어 보니 나한테 진짜 중요한 게 뭔지 알겠더라고."

초연이 뭔가 말하려다 입술을 질끈 물었다. 나는 둘 사이에서 눈치만 살폈다.

"지금 아빠 상황 안 좋은 거 알잖아. 어차피 너희랑 있어 봐야 짐만 돼. 빚쟁이도 계속 찾아올 거고."

"핑계 대지 마요."

초연의 목소리는 어느덧 젖어 있었다.

"차라리 그 사람이 좋아서 같이 살고 싶다고 말해요. 구질구질하게 우리 설득하려 하지 말고요."

"야……."

"아니야. 말 잘했어."

초연을 말리는 나를 아빠가 말렸다. 아빠 목소리는 아까보다 또렷해졌다.

"이런 짓을 해 놓고 인정을 바라는 건 무리지. 실컷 욕하고 원망해도 좋아. 네 속이 풀린다면 얼마든지."

어느새 초연의 뺨에 눈물이 툭 떨어졌다. 아빠는 외면하듯 고개를 벽으로 돌렸다.

그때 마침 다른 환자가 병실에 들어왔다. 나이가 칠십쯤 돼 보이는 할아버지였다. 심상찮음을 느꼈는지 자꾸 우리를 흘끔흘끔 쳐다보았다.

"또 올게."

아빠는 누운 채로 고개만 끄덕였다. 초연도 별도리가 없다고 생각했는지 조용히 뒤를 따라나섰다. 막 병실의 문을 닫고 나가려던 찰나였다.

"미안하다."

아빠 목소리가 들렸다. 돌아보니 아빠는 허공을 바라본 채였다. 나는 잘못 들었나 싶었다. 그런데 아빠가 눅눅해진 목소리를 냈다.

"……평생 그럴 거야."

초연은 대답하지 않고 성큼 걸어 나왔다. 마치 아빠의 사과를 못 들었다는 듯이. 나는 조용히 병실의 문을 닫았다.

다시 길쭉한 복도의 풍경이 펼쳐졌다. 2인실을 지나 5인실들이 나타났고, 조금 더 요란스러운 병실 모습이 잠깐씩 지나갔다. 개중엔 깔깔 웃는 환자도 보였다. 똑같이 입원했는데, 누군가는 행복해 보이고 우리는 불행해 보이다니.

"저기 좀 앉았다 가자."

지나가다 보이는 휴게 공간으로 들어갔다. 초연은 내가 앉은 자리 옆에 군말 없이 나란히 앉았다. 기운이 축 처져 보였다. 눈동자 초점도 흐릿했다.

"무슨 생각해?"

내가 묻자 초연은 날 빤히 바라봤다. 그러곤 물었다.

"넌 이대로 괜찮아?"

"별수 있냐. 받아들여야지."

초연은 고개를 끄덕였다. 지금은 별로 나랑 논쟁할 생각이 없어 보였다.

"받아들인다니. 시간 반복하는 동안 고생 많았나 보네."

"고생했다기보다 허무했지. 계속 의미 없는 짓을 해서."

나는 고개를 푹 숙였다. 그런 내게 초연이 말했다.

"너 지금까지 애쓴 거 다 알아."

"......"

"덕분에 진실을 알았잖아. 그렇지 않았으면 나는……."

그러곤 말끝을 흐렸다. 주변의 공기가 다시금 축축해졌다. 침묵을 지키던 초연이 눈가를 매만지며 물었다.

"넌 우리 가족이 가장 좋았던 순간이 언제라고 생각해?"

"가장 좋았던 순간?"

어렸을 적부터 기억을 되짚어 보았다. 유치원생 시절 내가 다른 애한테 맞고 왔을 때 엄마가 그 집에 쫓아가 대판해 준 일, 2학년 때 처음으로 해외여행 한 일, 4학년 때 아빠랑 단둘이 캠프를 다녀온 일이 떠올랐다. 그래도 가장 좋았던 순간이라면…….

"초등학교 졸업식 날."

"정말? 나도 그런데."

초연의 목소리가 조금 밝아졌다.

"그날 다 같이 가족사진도 찍었고, 외식하면서 이런저런 얘기 엄청 많이 나눴잖아."

난 그저 웃었다. 내 인생 중 제일 긴 방학이 시작된 날이라 골랐을 뿐인데. 초연이 가족을 생각하는 마음은 정말 끔찍하다. 나는 추억을 떠올리듯 말했다.

"그땐 우리 집에 별문제가 없었던 것 같아. 나부터 이상해졌지. 괜히 널 질투해서 막 나가고. 엄마 아빠도 너만 좋아하는 것 같아서 싫어지고."

"정말? 내 생각은 다른데. 미안한 일이지만, 그동안 네 잘못 많이 일러바쳤거든. 그러면 엄마가 항상 하는 말이 있었어."

"뭔데?"

"이해해 줘라. 재환이는 늦되는 애니까. 언젠가 철들 날이 올 거다."

"……."

"나한텐 그렇게 많은 기대를 하면서, 너한테는 두 분 다 너그러운 게 부럽더라고. 난 내가 더 불행하다고 생각했는데."

"말도 안 된다, 진짜."

우린 동시에 웃었다. 서로 자기가 불행하다고 믿고 있었다니. 나는 한숨과 함께 푸념을 내뱉었다.

"하필이면 왜 이제야 안 걸까."

"그러게. 지금이라면 더 잘 이해하면서 살 수 있을 텐데."

우리는 한동안 말이 없었다. 휴게 공간에 다른 환자 두어 명이 링거 폴대를 질질 끌며 나타났다. 이윽고 TV 소리가 무거운 공기를 몰아냈다. 초연이 고개 돌리는 걸 보니 또 눈물을 흘렸던 모양이다.

"안 되겠다. 나 화장실 좀."

초연이 가까운 화장실로 향했다. 나는 그 모습을 물끄러미 바라보았다. 오늘따라 초연의 뒷모습이 왜 이리 눈에 밟히는 걸까.

중환자실에 있는 엄마가 떠올랐다. 투병 중인 것도 모자라 운명의 장난처럼 심각한 부상까지 당한 엄마. 지금 제일 안타까운 사람이었다.

"하아……."

이렇게 마지막 오늘이 찾아오고야 말았다. 이럴 줄 알았으면 가족들하고 더 잘 지낼걸. 작전 따위 집어치우고 살갑게 대해 줄걸. 아픈 엄마를 공감해 줄걸.

오늘을 수십 번 반복했다. 처음엔 진실을 알고 싶어 별짓을 다 했지만 이제 와서는 모두 소용없었다. 우리 가족은 원래 이렇게 될 운명이었던 걸까.

어쩌면 이제 세상에 초연과 나, 둘만 남겨질지 모른다. 엄마 아빠가 없는 미래……. 갑자기 두려워졌다. 단순히 가족이 갈라지는 것과, 이렇게 모두가 풍비박산 나는 건 차원이 다른 문제다. 차라리 엄마에게 매일 잔소리를 듣는 게 낫겠다.

오 분쯤 지났는데도 초연이 돌아오지 않았다. 좀 더 대화를 나누고 싶은데. 이 허탈한 마음을 잠시나마 잊도록 말이다.

"……."

뭔가 이상했다. 화장실 쪽이 잠잠했다. 물소리 같은 인기척조차 안 느껴진다. 분명 전에도 느껴 본 위화감이다. 정신이 번쩍 들었다. 설마…….

링거 폴대를 붙잡은 채로 일어섰다. 갑자기 걸으려니 어지러웠다. 지나가던 몇 사람의 시선이 느껴졌다. 얼마 떨어지지도 않은 화장실이 아득히 멀어 보였다.

여자 화장실 표시를 보고 잠깐 멈칫했다. 하지만 지금은 망설일 때가 아니다. 나는 무례를 각오하고 안으로 성큼 들어갔다.

순간 머리가 띵해졌다.

초연이 세면대 앞에 서 있었다. 혼자 얼마나 울었는지 눈이 새빨갰다. 그리고……, 뭔가를 꾹 쥔 왼손에 피가 흘러 세면대로 뚝뚝 떨어지고 있었다. 오른손엔 공업용 커터 칼이 날 선 채로 들려 있었다.

"야! 강초연!"

나는 얼른 칼을 빼앗았다. 그리고 초연을 데리고 나가려고 했다. 그런데 초연이 내 팔을 뿌리쳤다. 그것도 슬프게 웃는 얼굴로.

"왜 이래, 대체!"

초연은 여전히 울면서 웃고 있었다. 꼭 쥐고 있는 건 다름 아닌 운명석 목걸이였다. 초연의 손에 피가 더욱 흘러나왔다. 어느덧 사람들이 근처로 몰려왔다. 머리가 점점 더 어지러웠다.

초연이 내게 말했다.

"너, 우리가 아까 나눈 이야기들 절대 잊으면 안 돼."

주변은 난리인데 너무나 또렷하게 들리는 음성이었다. 초연이 모든 기운을 쏟아서 건넨 말이었다. 유언처럼 내 가슴에 깊숙이 파고드는 메시지였다.

나는 고개를 끄덕였다. 초연도 글썽한 눈으로 날 보며 고개를 끄덕여 주었다. 그와 동시에 눈앞이 캄캄해졌다. 방금까지 들리던 것과 어지러운 풍경이 모두 사라지고 있었다. 초연도, 피도, 운명석도 보이지 않았다. 내 몸도 느껴지지 않았다. 이대로 맥없이 쓰러지면 안 된다는 생각뿐이었다.

그렇게 오늘

"저기, 아드님. 좀 더 웃으세요."

애써 미소 지었는데 더 웃으라니. 뺨이 얼얼하다. 옆에 있던 초연이 핀잔을 준다.

"너 웃을 줄 모르냐? 답답해, 진짜."

"너나 잘해!"

"둘이 왜 그래, 좋은 날에."

엄마가 우리를 말린다. 아빠가 뒤에서 우리 어깨에 동시에 손을 올리며 말한다.

"빨리 끝나고 맛있는 거 먹으러 가자. 오늘 메뉴 선택권은 너희에게 줄게."

우린 그 말에 신나 포즈를 잡는다. 난 그제야 웃는다.

"……"

그런데 내가 왜 갑자기 이 순간에 와 있는 거지? 아까 초연과 초등학교 졸업식 날 이야기를 나눠서? 우리 가족이 제일 좋았던 순간이라서?

나는 사진사에게 묻는다.

"여기 어디예요? 꿈속인가요?"

"스튜디오 촬영실입니다, 아드님."

"그럴 리가 없는데. 전 중학생……."

펑. 펑. 사진사가 연속으로 플래시를 터뜨린다. 눈앞이 번쩍번쩍한다.

"여기 쳐다보세요! 옳지, 옳지. 아버님 눈 크게 뜨시고요. 어머님, 고개 오른쪽으로 조금만 기울이시고요. 좋아요. 그럼 마지막 컷 가겠습니다. 여기 보세요!"

퍼엉!

너무나 눈부신 섬광에 나는 눈을 꾹 감고 몸을 움츠린다. 갑자기 아무것도 들리지도 보이지도 않는다. 정신이 얼얼하다. 모든 감각이 제로에 수렴한다.

"……."

다시 주변이 환해졌다. 햇살이 반사되어 얼굴에 들이치고 있었다. 나는 눈이 부셔 바로 눈을 뜨지 못했다. 내가 겪은 상황들이 마치 아득히 먼 옛날 같았다.

"승객 여러분, 제주공항에 오신 것을 환영합니다. 현지 시각은 열두 시, 기온은 섭씨 5도입니다. 비행기가 아직 이동 중이오니……."

얼떨떨할 정도로 익숙한 소리가 들려왔다. 내가 지금 헛것을 듣는 건가? 운명석은 이미 깨져 버렸는데. 나는 확인하듯 팔찌를 살폈다.

"어?"

운명서이 박혀 있었다. 그것도 원래의 푸른색으로.

그때, 옆에 앉은 초연이 조심스럽게 말을 걸었다.

"강재환."

"……응?"

"너 맞지? 교통사고 나서 입원했던."

초연의 음성이 살짝 떨렸다. 그 말을 듣는 나는 더욱 심장이 떨렸다.

"어? 어. 맞는 거 같은데."

초연의 손에 코피 묻은 휴지가 들려 있었다. 내 코는 말끔하게 돌돌 말린 휴지로 막혀 있었고, 미리 잘 처리한 듯 내 몸의 어디에도 피가 묻어 있지 않았다.

"돌아왔구나. 어쩐지 잠시 넋 놓고 있더라니."

이게 무슨 소리인가. 그리고 초연이 먼저 날 알아보는 건 어떻게 된 일인가. 나는 도무지 파악할 수 없었다.

그런데 초연의 모습이 이상했다. 긴 머리가 아니라 어깨에 겨우 닿는 단발머리였다. 게다가 왼뺨엔 길쭉한 흉터가 사선으로 길게 자리 잡고 있었다. 그래서인지 초연의 얼굴이 조금 성숙해진 느낌이었다.

"야, 너 대체……."

"어떻게 된 일인지 모르겠지?"

초연이 내 말을 가로채며 웃었다. 그러면서 왼손을 들어 보이는데, 내 것과 비슷한 팔찌가 걸려 있었다.

"이거 엄마가 만들어 주신 거야."

목걸이 대신 차고 다니는 모양이었다. 그 팔찌에도 운명석이 박혀 있었다. 그런데 색깔이 거무튀튀했다. 내 시선이 거기에 머물자, 초연이 말했다.

"이제 이건 평범한 돌이야. 내 소원은 끝났거든."

"소원?"

갑자기 묻고 싶은 것이 산더미같이 많아졌다. 그때, 좌석 벨트 표시등이 꺼지면서 승객들이 일어서기 시작했다. 초연이 내 어깨를 툭 쳤다.

"일단 내려. 천천히 말해 줄게."

나는 얼떨결에 가방을 챙겨 일어났다. 초연의 뒷모습을 보니 왠지 호리호리해진 느낌이었다. 가만 보니 나랑 키가 엇비슷하다. 얘가 원래 이렇게 컸던가?

그 뒤로 모든 일이 똑같이 벌어졌다. 대설 특보 문자, 형우가 보낸 흑인 동영상, 렌터카 사무실에서의 작은 소동까지. 초연과 난 이구동성으로 아빠에게 체인을 꼭 감아야 한다고 말했다. 아빠가 바가지요금을 마지못해 지불할 때, 우리는 웃었다.

우리 가족은 해물라면집에 도착했다. 내가 맛없는 곳이라고 해도 초연은 여길 꼭 와 보고 싶었다며 고집을 부렸다. 게다가 자기가 쏜다며 내 것도 멋대로 해물라면을 시켜 버렸다. 우리 둘은 엄마 아빠에게 양해를 구하고 조금 떨어진 테이블에 앉았다. 손님들이 떠드는 어수선함 속에 우리는 대화를 시작했다.

"너 어떻게 된 거냐? 모습은 왜 그렇게 변했고?"

"머리 자른 거 안 어울려?"

"아니, 뺨의 흉터가."

그제야 초연은 제 뺨을 만지며 말했다.

"이거? 내가 스무 바늘 꿰맸다고 하지 않았던가? 다 나았는데도 이래."

"벌써 나았다고? 다친 지 얼마 안 됐는데?"

"아직도 모르겠어?"

초연이 웃었다. 그러곤 물을 한 모금 마시고 말했다.

"나, 운명석에 소원을 빌어 과거로 돌아갔어. 원래는 이 년 전으로 가려고 했거든. 그런데 실제로 돌아간 건 일 년 전이더라. 그때부터 지금까지 다시 살아온 거야."

그래서 초연이 성숙해 보였던 건가.

"칼로 자해한 게 그 때문이었어? 운명석에 피 묻히려고?"

초연은 고개를 끄덕였다.

"피 내는 거면 더 안전한 방법도 있을 텐데?"

"그만큼 간절한 소원이었으니까."

"너 그날만 그런 거 아니야. 다른 날도 틈만 나면 칼로 자해했어."

"당연하지. 준비하고 제주도에 왔는걸."

"상황이 안 풀리면 그러려고?"

"응."

"교통사고가 나도?"

"응."

"충격적인 진실을 알아도?"

"그랬겠지."

"하아……."

그제야 머리를 때리듯 깨우쳐진 사실이 있었다. 내가 오늘을 수십 번 반복한 이유. 그것은 과거로 돌아가길 바라는 초연의 소원과, 방학이 영원하면 좋겠다는 내 소원이 계속 충돌한 결과였다.

12월 30일 어느 순간에 초연이 자기 운명석에 피를 묻히면, 내 시간의 소원과 충돌해 의식을 잃고, 처음 내 운명석이 발동했던 정오의 비행기로 되돌아온 것이다. 그러다 내 운명석이 깨져 더는 충돌하지 않게 됐을 때, 초연은 나랑 함께한 마지막 날의 기억을 가지고 일 년 전으로 간 것이었다.

"너 수명도 그만큼 줄어든 거 아니야?"

"뭐, 그런 셈이지."

"얼굴에 흉터는 어쩔 거야. 후회한 적 없어?"

"전혀."

"하, 진짜 모르겠다. 너란 인간."

내가 비아냥거려도 초연은 씩 웃었다. 그리고 날 보며 말했다.

"너 아니었으면 곤란할 뻔했어. 아빠 비밀과 엄마의 투병 사실을 모르고 과거에 갔다고 생각해 봐. 그럼 난 아무것도 못 했을 거 아니야."

"……그랬겠지."

"네가 오늘을 여러 번 반복한 끝에 알아낸 거라 더 고마운 거야. 안 그랬으면 지금의 엄마 아빠도 없었어."

저쪽에서 라면을 사이좋게 먹는 엄마와 아빠가 보였다. 이전까지와 다른 점이라면 둘이 눈을 자주 마주친다는 것이었다. 나는 갑자기 궁금해졌다.

"엄마 아빠 그동안 어떻게 지냈어?"

"누구부터 알려 줄까?"

"엄마."

초연은 엄마를 흘끗 살피고는 내 쪽으로 몸을 기울이며 작은 목소리를 냈다.

"일 년 전에 바로 진단받으라고 말해서 병원 데려갔거든. 벌써 위암 초기였더라고. 지금은 거의 나으셨어. 확실히 예전보다 음식 잘 드시는 것 같아."

그래서 엄마 얼굴이 환해지고 살도 포동포동해졌나 보다. 지금도 면발을 힘 있게 빨아들이는 모습이 보기 좋았다. 나는 다시 초연을 바라보았다.

"그럼 아빠는?"

"음, 아빠는……."

초연이 잠시 머뭇거렸다. 엄마 얘기를 할 때와 달리 표정이 썩 밝지 않았다.

"내가 돌아갔을 땐 이미 아빠 회사가 부도 위기였어. 사건이 터진 지 얼마 되지 않은 때였더라고. 게다가 엄마도 벌써 아빠랑 크게 싸운 뒤였어."

"저런."

"중간에서 내가 얼마나 난처했는지 몰라. 어쨌든, 엄마 건강이 회복된 뒤로는 각자 바쁘게 지내. 아빠는 사업 일으키려고 여기저기 다니는 중이고, 엄마도 웹디자인 일에 삽화 작업까지 하거든. 그래서 청소나 빨래 같은 건 우리가 거의 나눠서 해 왔어."

나는 더욱 궁금한 것을 놓칠 수 없었다.

"아빠……, 설마 지금도?"

초연이 고개를 저으며 대답했다.

"아니. 그 사람이 봄에 면접 봤었는데, 채용 안 됐어."

"오, 어쩐 일로?"

"그건 나도 모르겠어. 분명한 건, 이번에는 그런 일이 벌어지지 않았다는 거야. 솔직히 과거로 돌아가서 아빠를 볼 때마다 괘씸했거든. 분명히 어떤 미래엔 다른 사람을 만난 거잖아. 한동안 자꾸 그 생각만 나더라."

나는 조용히 고개를 끄덕였다.

"그럼 두 분 잘 지내는 거야?"

초연이 빙긋 웃었다.

"어때 보여?"

엄마 아빠의 모습은 전보다 좋아 보였다. 그런데 초연의 의미심장한 미소 때문에 쉽게 맞힐 수 없었다. 초연은 나를 물끄러미 바라보다 입을 열었다.

"사실, 벌써 이혼 얘기 나왔어. 아빠 사업이 어려워진 일 년 전부터."

"아, 그래?"

"그땐 분위기 안 좋았어. 엄마 병이 발견되지 않았으면 진즉 갈라섰을걸."

"……."

"아빠랑 병실에서 나눈 말 기억해? 아빠가 엄마 병을 알았더라면 간병에 최선을 다했을 거라는 말. 그거 진짜였더라고. 엄마가 완치될 때까지 부정적인 이야기는 하지 말자고 아빠가 그랬대."

나는 "오—" 하며 아빠를 바라보았다. 두 사람은 아직 해물라면을 먹고 있었다.

"근데, 엄마 거의 나았다며?"

"그치. 이제 헤어져도 이상할 타이밍은 아니야. 어쩜 이번이 마지막 가족여행일 수도 있고. 그런데 어때? 엄마 아빠, 이대로 끝날 것 같아?"

나는 다시 두 사람이 앉은 테이블을 흘끔 바라봤다.

"……글쎄."

"나도 모르겠어. 그 뒤로 분위기가 좋아지긴 했는데, 오가는 말은 없는 상태야."

"네 맘에 쏙 드는 결과는 아니네."

초연은 의외로 태연한 얼굴이었다.

"처음엔 마음고생 좀 했는데, 이젠 아니야. 오히려 어떤 의지 같은 게 생기던걸."

"어떤 의지?"

"스스로 살아갈 힘을 길러야겠다는 생각. 지난 일 년은 내가 부모 바라기였다는 걸 깨닫는 시간이었어. 근데 너는 이미 그러고 있더라. 아예 기숙사가 좋은 고등학교를 알아보던걸."

초연이 다시 살아온 일 년에서도 나는 여전했나 보다. 나는 웃는 대신 말했다.

"같이 지켜보자."

"뭘?"

"우리 집의 이 모습이 진짜인지. 이대로 괜찮은지."

"무슨 말 하려는지 알아."

초연이 웃었다. 그리고 말했다.

"당연한 건 없다는 거잖아. 그게 우리 집만 해당하는 얘기는 아닐 테고."

"맞아. 대신 주어진 오늘은 즐기면서."

그제야 우린 동시에 웃었다. 내가 오늘을 수십 번 반복하며 깨달은 점을, 초연은 일 년 전으로 돌아가 지금까지 살아오면서 느꼈나 보다. 그동안 내 멋대로 한 행동이 어떻게든 초연에게 도움을 줬다는 사실이 신기했다.

"늦게 드려 죄송합니다."

마침 그때, 점원이 우리 테이블에 라면 두 그릇을 놓고 갔다. 나는 젓가락을 들고 오랜만에 해물라면을 시식했다.

"어때, 맛있지?"

"음……."

나는 눈을 감고 음미했다. 전에는 못 느꼈는데 지금은 기분이 달라져서, 엄마가 건강해져서, 무엇보다도 초연이 미워 보이지 않아서 해물라면이 맛있게 느껴졌다. 맛이 없었던 건 내 마음 때문이었다는 걸 깨닫는 순간이었다.

산방산의 풍경은 오늘따라 색달랐다. 그동안 한 번도 느긋하게 거닌 적이 없었기 때문이다. 이번엔 해안가 마을에서 바이킹을 타고, 하멜의 배에 올라 사진도 찍었다. 온 가족이 함께 포즈를 취한 건 초등학교 졸업식 날 이후로 처음이었다.

여행 일정을 모두 마치고 호텔에 도착했을 땐 몸이 녹초가 되어 있었다. 로비에 이르렀을 때 일부러 벽까지 달려가 착시 그림을 쳐다보았다. 여전히 파란 우산들을 바닷물로 착각하는 나무 위의 소년. 이제 나는 아니다.

"씻고 우리 방으로 와."

엄마가 미리 산 간식을 들고 가며 말했다. 내가 좋아하는 치킨과 모둠 튀김이었다. 나는 아빠가 씻고 나오자마자 후다닥 세수했다. 빨리 간식을 먹고 싶은 마음뿐이었다. 십 분도 안 되어 엄마의 객실에 노크했더니 초연이 문도 열지 않고 소리쳤다.

"좀 기다려! 아직 다 씻지도 않았는데."

한참 지나서야 문이 열렸다. 초연은 단발머리가 되었어도 앞머리를 넘겨 밴드로 고정하는 습관이 여전했다. 내가 바닥에 아무렇게나 앉자, 엄마가 한마디 했다.

"재환아, 씻고 왔으면서 바닥에 막 앉으면 어떡해!"

나는 멋쩍어 다시 일어섰다.

"씻는 김에 머리도 좀 감지. 꼬질꼬질, 어휴……."

익숙한 잔소리가 엄마 입에서 계속 튀어나왔다. 초연을 봤더니 어깨만 으쓱했다. 얄미운 동생 같으니라고. 기왕이면 지난 일 년 동안 내 이미지도 좀 바꿔 주지.

"자, 이제 먹자!"

세팅을 마친 아빠가 들뜬 목소리를 냈다. 원탁과 의자를 침대 앞에 두고 네 식구가 마주 보며 걸터앉았다. 내가 손으로 오징어 튀김을 집자, 엄마가 나무젓가락을 쓰라고 건네주었다. 예전엔 고집을 부렸을 테지만, 지금은 순순히 젓가락을 받았다.

엄마는 나의 이런 변화를 모르는 듯, 아무 표정 없이 음식을 삼켰다. 우리는 한동안 먹느라 아무 말도 하지 않았다.

분명 그런 생각을 했었다. 누워 있는 엄마보다 이렇게 잔소리하는 엄마가 낫다고. 이젠 이런 일상이 당연해 보이지 않아 감격스럽다. 달라진 내 모습은 앞으로 천천히 보여 주면 된다. 나는 병원에서 초연과 나눈 마지막 말들을 잊지 않았다.

방으로 돌아와서 침대에 누웠을 때는 가슴이 두근거렸다. 잠이들면 정말 내일로 넘어갈지 확신할 수 없어서였다.

밤 열한 시 이십육 분. 나는 자꾸 휴대폰 시계를 확인했다. 왠지 눈을 떠 보면 또 당연하다는 듯이 제주행 비행기 안에서 코피를 흘리고 있을 것만 같다. 그 뒤로 이어질 기내 방송과 "야, 내 말 씹

그렇게 오늘 203

냐?"는 평생 잊히지 않을 듯하다.

나는 천부터 거꾸로 숫자 세기, 규칙적으로 심호흡하기 같은 걸 하며 억지로 잠을 청했다. 이놈의 잠은 원치 않을 땐 강도같이 찾아오면서 이럴 때만 깜깜무소식이다. 나는 끊임없이 뒤척거렸다.

"……."

주변이 환해졌다. 나는 눈이 부셔 곧바로 눈을 뜨지 못했다. 졸음이 가시지 않아 머리가 띵했다. 말똥말똥하다 기절한 듯한 기분이다. 왠지 늘 그랬던 것처럼 초연이 옆에서 툭 쏘아붙일 것만 같은 느낌이었다.

나는 곧장 휴대폰부터 확인했다.

[AM 08:14]

그와 동시에 아빠가 머리를 매만지며 말했다.

"얼른 옷 입고 세수해. 안 그러면 조식 놓친다."

휴대폰 화면에는 작은 글씨로 '12월 31일'이라고 표시되어 있었다. 바로 믿기지 않아서 아빠 휴대폰으로도 날짜를 다시 확인했다. 분명 31일이 맞다. 나는 하루가 지난 걸 실감하자마자 침대에서 용수철처럼 튀어 올랐다.

"와아!"

맨발로 객실을 이리저리 뛰어다녔다. 아빠가 의아한 시선으로 날 쳐다봤다. 나는 창가에 우뚝 멈춰 바깥을 바라보았다. 날씨가 말끔히 개어 온통 하얀 세상이었고, 눈이 발목 높이만큼 쌓였다. 건물들도 일제히 하얀 모자를 뒤집어썼다.

동쪽에 뜬 커다란 해가 우리 객실을 정확히 조준하고 있었다. 나는 감회에 젖어, 떠오른 태양을 하염없이 바라보았다.

"왜 그래. 이상한 꿈 꿨나?"

잠시 눈을 감고 햇빛을 음미했다. 구석구석 파고드는 따뜻한 느낌이 너무 좋았다. 내 몸을 데우고, 마음을 녹이고, 영혼까지 밝히는 느낌. 이대로 한없이 서 있고 싶다. 나는 한참 지나서야 돌아보며 씩 웃었다.

"어. 오늘이 영원히 오지 않는 꿈."

작가의 말

아주 잘 보내고 싶은 하루가 있다. 그런데 그날따라 하는 일이 꼬인다. 마음먹은 대로 되는 게 없다. 심지어 사람과 필요 이상으로 부딪힌다. 결국 그날을 되돌렸으면 하고 후회한다.

이런 경험, 나만 해 보았을까.

중요한 행사 날이었거나 소중한 사람과 여행이라도 떠난 날이면 더욱 그렇다. 인생에서 농도 짙은 날의 기억은 잔향도 강력하므로.

이 소설은 되돌리고 싶은 내 오점의 날들을 떠올리다 쓰게 되었다. 처음엔 그 일만 되돌리면 될 것 같았는데, 문제가 어디서 비롯되었는지 추적해 보면 몇 달 혹은 몇 년을 거슬러 올라가야 했다. 깊게 파묻혀 있던 뿌리가 그날 드러난 것뿐이라는 사실을 깨달았다. 결국 얽히고설킨 뿌리 전체를 없애려면 내 인생을 부정

해야 한다는 진실 앞에 마주 섰다.

그렇다. 우린 모두, 우리가 만들어 낸 문제로 차곡차곡 쌓은 탑 위에 살고 있다.

이미 되돌릴 수 없는 문제는 내 인생으로 받아들이기로 했다. 그래야 그것의 유익도 발견할 수 있으니까. 열띠게 부정할 땐 미처 보이지 않던 문제의 이면 말이다. 그 문제 때문에 비관하거나 남과 비교할 때마다 유익은 자취를 감춘다. 피해의식을 내려놓은 뒤에야 다시 수줍게 나타난다. 나는 이것이 매우 중요하다고 믿는다.

소설을 매끄럽게 다듬어 준 임종현 편집자님을 비롯해, 이 책이 세상에 나오도록 힘써 준 자음과모음 식구들에게 감사한 마음을 전한다. 작가의 말까지 살펴 준 당신 또한 문제의 이면에 숨어 있는 유익을 자주 발견하길 빈다.

유난히 티격태격했던 어느 날을 기억하며
박상기

오늘, 오늘, 오늘! 12월 3X일

© 박상기, 2025

초판 1쇄 인쇄일 | 2025년 12월 17일
초판 1쇄 발행일 | 2025년 12월 29일

지은이 | 박상기
펴낸이 | 정은영
편   집 | 임종현 김은혜 김수진
디자인 | 최지현
마케팅 | 이언영 임동렬 임병천 이경민
IP 기획 | 신은혜 김현영
제   작 | 홍동근

펴낸곳 | (주)자음과모음
출판등록 | 2001년 11월 28일 제2001-000259호
주   소 | 10881 경기도 파주시 회동길 325-20
전   화 | 편집부 (02)324-2347, 경영지원부 (02)325-6047
팩   스 | 편집부 (02)324-2348, 경영지원부 (02)2648-1311
이메일 | jamoteen@jamobook.com

ISBN 978-89-544-7338-5 (43810)